文春文庫

江戸彩り見立て帖

色にいでにけり

坂井希久子

文藝春秋

目次

江戸彩り見立て帖

色にいでにけり

色にいでにけり

一

「なんですか、この色は！」

悲鳴のような女の声が、絵《え》草紙屋《そうしや》の店先に響き渡った。

土産物を物色していた客や、たまたま往来を通りかかった人々が、ぎょっとして振り返る。店の一等地に並べ置かれた絵を指して、髪を島田に結った女が身を震わせていた。

「なんだと言われてもねぇ、お彩《あや》さん」

対する絵草紙屋、初音《はつね》堂《どう》の主《あるじ》は前掛けを両手で揉みながら、眉を八の字に寄せている。叱られた犬にも似た困り顔である。

「とぼけないでください。分かるでしょう、初摺《しょずり》と全然違うんですから！」

下手《したて》に出る初音堂に、お彩はなおもくってかかる。二十をいくつか過ぎたと見られる、肌の浅黒い女であった。

　その指差す先にあるのは錦絵だ。当世人気の、『富嶽三十六景』の一つ。画面いっぱいに描かれた富士が、火を噴きそうなほど赤く燃えている。その赤が気に入らぬと、難癖をつけているのである。

「うちにあるのを持って来ましょうか？　初摺は鳶《とび》色の山頂から徐々にぼかされてゆく

山肌が素晴らしく美しいんです。そして山裾の緑は藍鼠《あいねず》にはじまり、これもまた中腹に向かって淡く、光の移ろうように交わる。だいたい空も、こんなべた塗りではなく——」

「でも売れてんだよ、この『赤富士』」

「『赤富士』ではありません。『凱風快晴』です！」

長くなりそうだと踏んだか、初音堂が話半ばで口を挟み、お彩はそれにも嚙みついた。

錦絵の題名を、気にして買う客などいない。赤く摺られた富士を皆、「赤富士」と呼んでありがたがって買ってゆく。今やそちらの俗称のほうが、世間に通っているくらいだ。行商で江戸に来たと思しき客も、国元への土産として何枚か手に持っていた。

「そんな目くじら立てなさんな。初摺と後摺《のちずり》の趣が違うのは、今にはじまったことでなし」

初音堂が、相手を宥《なだ》めるように手を上下に振る。

仰《おお》せのとおり、初摺と後摺に差があるのは、摺り物である錦絵にとってはありふれたことだ。

人気の絵師であれば、初摺は二百枚ほど。これは絵師の立ち会いのもと、その指示に従って摺られる。だが後摺は版元や摺師の意向で色が減ったり変わったり、手間を惜しんで細かなぼかしなどの技術が省《はぶ》かれたりもする。

また多く摺ってゆくうちに版木がすり減り、輪郭線も曖昧《あいまい》になってゆく。ゆえに好事家《こうずか》は初摺を開版日に並んででも買うわけで、お彩もそのうちの一人であった。

「だからってこんな、真っ赤っかにすることはないでしょう！」

富士の絵に負けぬほど、顔を真っ赤にして足を踏み鳴らす。

摺りを重ねるごとに、富士の赤みが強くなってきているとは思っていた。そして先ほど通りがかりに、これはもう見過ごせぬというほどべたりと赤いのを見てしまったのだ。その絵はすでに、絵師の意図したものとはまったくの別物になっていた。

「辰五郎《たつごろう》ならこんな雑な仕事はしません。いったいどこの摺師ですか！」

どれだけ錦絵が売れたところで、版元や絵師とは違い、彫師や摺師の名はほとんど表に現れない。だが初音堂ならば、そのあたりの事情に詳しい。

「摺久《すりきゅう》だよ」

詳しすぎて、お彩の顔色を窺《うかが》いつつその名を口にした。

木曽屋《きそや》久兵衛《きゅうべえ》、通称摺久。たしかな腕がありながら、絵の出来映えなど金の次と思っている男である。

お彩の嚙みしめた奥歯がぎりりと鳴った。

「それを聞いてどうするね。摺久のところに乗り込むかい？」

そんなことはできぬと知りつつ、初音堂は煽《あお》るようなことを言う。そうすればお彩が黙るしかないと知っている。

「だいたいこの『赤富士』は、永寿堂《えいじゅどう》がこれでいいって判断したから出てんだろ。頼むからうちの店先で騒ぐのはやめてくれよ」

お彩に同情を寄せているからこそ、無理に追い返すようなことはしない。西村屋《にしむらや》永寿堂は、『富嶽三十六景』を出している版元の名である。

冷静になってみれば、初音堂が富士を赤くしろと指示を出したわけではない。頭に血が上るあまり迷惑なことをしてしまったと、お彩は素直に己《かえり》を省みる。

「ごめんなさい、おじさん」

謝ると、子供のころからお彩を知る初音堂は眼差しを和《やわ》らげた。

「いいさ。気をつけて帰んな」

優しくされるとなぜか胸が苦しくなる。

お彩は泣きたい気持ちをぐっとこらえ、ぺこりと頭を下げてから身を翻《ひるがえ》した。


初音堂の店先から、ふらりふらりと歩を進める。

広く開けた南伝馬町には問屋や料理屋が多く、日の傾きかけたこの刻限でも、人が多く行き交《か》っている。

そうだ、夕暮れ時や明け方は、まず雲が薄紅色に輝くのだ。先ほどの赤富士は、雲が白いままだった。

紺青《こんじょう》、瑠璃《るり》、群青《ぐんじょう》色、瓶覗《かめのぞき》に白練《しろねり》、鴇羽《ときは》色と茜《あかね》色。空に見つけられる色は、数限りない。それから問屋の甍《いらか》の鉄御納戸《てつおなんど》、漆喰《しっくい》の白、通行人はさらに思い思いの色を身につけている。

世の中は色鮮やかで、美しい。でも目に映る色をすべて混ぜ合わせたなら、きっと黒が勝つのだろう。

頭の片隅でそんなことを考えながら歩いていたら、目の前に琥珀《こはく》色が迫ってきた。

団子だ。

串を持つ手は骨張っているものの、お彩よりうんと白い。京紫の縮緬《ちりめん》の袖がその先に続き、涼しげな切れ長の目をした男の微笑《ほほえ》みに行き当たる。

「食べんか？」

男は茶屋の縁台に腰掛けていた。そして通りかかったお彩に、団子を差し出しているのである。

「あんさんえらい叫んではったから、小腹空きましたやろ」

白々しいほどの上方訛りだ。笑みを深くするとさらに目が横に引っ張られ、狐のような面《つら》つきになる。

胡散《うさん》臭い。お彩は立ち止まりもせず、「けっこうです」とその前を通り過ぎようとする。

「ちょっと、待ちいって」

なんてことだ、立ち上がって追ってきた。勘定はすでに済んでいるのか、茶店の者も「ありがとうございました」と見送っている。

「なんです、ついて来ないでください」

「あんさん、さっき色がどうとか、面白いこと言うてはりましたなぁ」

駄目だ、話が通じない。手にしたままの団子に齧《かじ》りつき、もぐもぐと口を動かしながらついて来る。けっきょく自分で食べるのか。

「わて、江戸に来てまだ間もなしで。いまひとつ馴染めてませんのや」

そうでしょうね。声には出さず、心の中だけで頷《うなず》く。

男が着ている着物の京紫はその名が示すとおり、京の色だ。

いや、もともと紫といえば、この赤みがかった紫を指すのだが。江戸っ子が上方に負けぬ紫を作ろうと、より青みの強い紫を生み出して江戸紫と称し、もとからあった紫を京紫と呼ぶようになったのだ。

ゆえに江戸っ子は、江戸紫に誇りを持っている。紫というのは、憧れの色だ。なにしろ染料となる紫根《しこん》が馬鹿高い。たとえば紫根をうんと使った濃紫《こむらさき》は禁色《きんじき》であった。本紫にはとても手が出せない庶民のために、紫根の代わりに蘇芳《すおう》を用いて作られた、似せ紫という色までである。

つまり京紫を着ているだけで、男が京の出で、まだ江戸の水に馴染めておらず、なかなかに裕福であることまで分かってしまう。ますます怪しい。そんな男になぜ呼び止められてしまったのだろう。

「江戸のお人って上方に比べて、着ているものが地味ですやろ。若い娘さんでさえ、茶色や鼠色のべべ着てはる。ほら、あんさんかて」

男がお彩の肩口に目を留める。夏が去り袷《あわせ》の季節になったばかりで、御納戸色に細い媚茶《こびちゃ》の縞《しま》が入った一張羅《いっちょうら》を身に着けていた。

「失礼な。地味ではなく、粋《いき》というのです」

どちらも江戸っ子には人気の色だ。重ね着をして裾から紫の小紋と紅絹《もみ》の襦袢《じゆばん》を覗かせればもっと粋だが、今の暮らしにそれほどの余裕はない。

だが、しまった。無言でやり過ごそうとしていたのに、つい返事をしてしまった。男はさらに失礼なことに、四つのうち二つを食べ終えた団子の串でこちらを指してきた。

「そう、それ。そのイキゆうのが分からしまへん。ちなみに上方ではスイ言います」

どちらも「粋」と書くらしい。お彩にはいまひとつ違いが分からない。

「そこでやね、わてにイキのなんたるかを教えてくれまへんやろか。あんさん、色に詳しいみたいですし」

まさか、そのためだけに声をかけてきたというのか。いや、京紫を身に着けられるほどの身分なら、まともな相談役を雇えるだろう。これはなにか、裏があるに違いない。振り切れるだろうか。男は上背があるものの、ひょろりとした体つきで、体力はなさそうだ。

「ちなみにわての着物で、お勧めの色はありますか？」

そう言いながら、男は三つ目の団子に齧りつく。よし、今だ！

「知らない。江戸茶でも着てれば！」

江戸茶は江戸っ子好みの、黄みの深い赤褐色。ちゃんと嫌味に聞こえただろうかと思いつつ、お彩は横道に逸《そ》れて走りだした。

「あっ！」

虚を突かれた男はその場に立ちつくしたか、追ってくる気配はない。お彩は後も振り返らずに、疾風のごとく駆け抜けた。

二

さすがにもう、大丈夫だろう。

南伝馬町から東海道を真っ直ぐに南下すれば家まで帰れるというのに、横道に逸れたり出たり、町を縫うように走ってきたのでさすがに疲れた。芝口橋の手前でお彩はゆるゆると足を緩め、息を整えつつ歩く。

父親と二人で暮らす裏店《うらだな》はもう、目と鼻の先。町の名を、日蔭町という。

由来は通りの東側に立派な武家屋敷が立ち並んでいるため、常に日蔭になっているから。だが東海道の裏道ということもあり、名前の陰気さとは裏腹に、本屋、刀剣道具屋、餅菓子屋、薬屋、履き物屋などが軒を連《つら》ね、賑《にぎ》わっている。特に多いのは古着屋で、お彩はそこから繕《つくろ》い物の仕事をもらってどうにか食いつないでいた。

「おや、お帰り、お彩ちゃん」

そろそろ店仕舞いとばかりに表を掃いていた油店《あぶらみせ》、香乃屋《かのや》のおかみさんが、伸び上がるようにして手を振ってくる。いつも陽気な働き者だ。伽羅《きゃら》の油をはじめとした鬢付《びんつ》け油を扱うとあって、「女が勧めたほうが真実みがあるだろう」と客あしらいにも精を出す。手入れが行き届いているだけあって、自慢の黒髪には白髪一本混じっていない。

また、香乃屋はお彩たちが暮らす裏店の大家でもあった。

「あ、そうだ。ちょっと待ってな」

なにを思い出したかおかみさんは手を打ち鳴らし、竹箒《たけぼうき》をお彩に押しつけて店に引っ込んだ。戻ってきたその手には、ごく小さな縮緬の、巾着袋が握られている。

「はい、これ。伽羅の油を買ってくれたお客さんに、おまけでつけようと思って仕入れた匂い袋」

このように、嬉しいおまけを考えるのもおかみさんの仕事である。ゆえに香乃屋は人気があった。

「ありがとうございます」

お彩は匂い袋の縮緬の、鮮やかな牡丹色に惹《ひ》かれて手を伸ばす。

綺麗だ。ほんのりと漂う丁子《ちょうじ》の香りと相まって、胸の奥にぽっと灯がともる。だがおかみさんは、それをすぐさま吹き消した。

「香りは大事だよ。ほら、花だって蜂や蝶を呼ぶために、甘いにおいを出すだろう」

化粧っ気のないお彩におかみさんはいつだって、身なりを装えと言ってくる。お彩もすでに二十三、このままいかず後家になるのを心配している。

「縁談が一つ駄目になったくらいで、諦めちゃいけないよ！」

大きなお世話だ。

おかみさんにも年頃の、お伊勢《いせ》という娘がいる。だからこそ、いつまでも独り身のお彩が気がかりなのだろう。

できれば、そっとしておいてほしい。でもおかみさんのお節介のおかげで、大いに助けられもした。お彩と父親が貧しいながらも屋根の下で暮らしてゆけるのは、おかみさんが手を差し伸べてくれたからこそだ。

それを思うと、無下《むげ》にはできない。

「ええ、そうですね」と、どうにか微笑みのようなものを顔に貼りつける。

「いいね。そうやっていつも、笑顔でいなよ！」

自分はそれほど、難しい顔ばかりしているのだろうか。景気づけにぽんと叩かれた背中が、ぴりりと引き攣《つ》れた気がした。


涼しい季節になってありがたいのは、昨日の味噌汁がまだ悪くなっていないことである。夕餉《ゆうげ》の支度をしなければと鍋の蓋《ふた》を取ってみると、思いのほか残っていた。

「お父つぁん、お昼を食べなかったの？」

四畳半に煮炊き用の土間がついているだけの、棟割り長屋。部屋の真ん中に敷かれた布団に身を起こし、父親はぼんやりと座っている。お彩が日本橋まで繕い物を届けてくると言って昼前に出て行ってから、少しも動いていないように見える。

真昼でも薄暗い部屋はすでに相手の顔が見えぬほど暗くなっているが、竈《かまど》を使っているうちはまだ、行灯《あんどん》をつけなくてもいいだろう。照明があろうがなかろうが、この父には変わりない。

「酒は――」

老人のような嗄《か》れた声で呟《つぶや》き、なにもない虚空に手を伸ばす。右の指の節だけが異様に高くなった、長年馬棟《ばれん》を握ってきた手だ。肘《ひじ》も右だけが硬い瘤《こぶ》のように盛り上がっている。空摺《からず》りという、紙に凹凸を出す技では馬棟の代わりに肘を強く擦《こす》りつけるので、こうなってしまう。父、辰五郎は腕のいい摺師であった。

「買ってないわ、お酒なんて」

「なんだと」

喉の奥で痰《たん》を絡ませつつ、辰五郎はゆらりと立ち上がる。寝間着越しでも分かる、痩せた体が痛々しい。月代《さかやき》を剃ってやらねば。もうずいぶん伸びている。

「あれほど買ってこいと言ったじゃねぇか。お前、俺を馬鹿に——あ痛ぇ！」

お彩に詰め寄ろうとして、方向を誤った。茶簞笥《ちゃだんす》の角にぶつけ、辰五郎は足の指を押さえて転げ回る。ろくに動かず寝てばかりいるから、家具の配置も摑《つか》めていない。辰五郎は、二年前に目の光を失った。

「気をつけて、お父つぁん」

口先だけで注意を促し、お彩は竈に火を入れる。離れていても熱が伝わったか、火がついたとたん辰五郎は「ヒッ！」と己を守るように身を縮めた。火が怖いのだ。

二年前、京橋五郎兵衛町にあった作業場から火が出て、煙に巻かれた辰五郎は目を痛めて失明した。大事な版木を持ち出そうとして、逃げるのが遅れたためである。周りに火が移らなかったのは不幸中の幸いだったが、作業場とそれに隣接していた自宅はほぼ全焼し、五人もいた弟子たちも散り散りになってしまった。

辰五郎の身になにもなければ、いくらでも再起は叶ったことだろう。あるいは弟子のうちの一人、卯吉《うきち》が辰五郎の名を継いでくれてさえいれば。いずれ卯吉は辰五郎の跡を継ぎ、お彩と夫婦になることが決まっていたのだから。

「頼むよ、お彩。酒を、酒をくれ。俺ぁ正気でいたくねぇんだ」

自慢の父だった。作業場に漂う絵の具のにおいが好きだった。紙が飛ぶため暑くても窓さえ開けられぬ、そんな中でも手を抜くということを知らない。辰五郎の摺り上げる錦絵は、色の出かたが美しいと評判だった。

そんな父が今や痩せ衰え、縮こまって震えている。絶妙な色を配してきたその目が見えぬなら、現《うつつ》も見たくはないと思っている。酒はあればあるだけ飲んでしまい、隣近所にまで無心する。そして酒が切れると、こうしてめそめそと泣く。

「しっかりしてよ、お父つぁん。お酒じゃなくちゃんとご飯を食べて、力をつけて」

母親はお彩が物心つく前に他界しており、父と娘で生きてきた。こんなに腑抜けてしまった父を、支えられるのは自分だけだ。

煮えたぎる湯に青菜を放り込み、箸で混ぜる。目の見えぬ辰五郎の前では、表情を取り繕わなくてもいいのが楽だ。鏡を見るまでもなく、疲れた顔をしているのが分かった。

今さら師匠と許嫁《いいなずけ》を捨てた卯吉に未練があるわけではない。だがこの父がいるかぎり、お彩が他所《よそ》に片づくわけにもいかない。

泣きたいのは自分も同じ。だが泣いたところで腹が膨れるわけもなし、そんな暇があるなら手足を動かす。

お陰で今は、身なりも構わぬ行き遅れ。懐に入れた匂い袋が温められて、いっそう高く香っている。

三

薄紅色の地に薄黄の菊、錆浅黄《さびあさぎ》に猩猩緋《しょうじょうひ》の紅葉、梅鼠《うめねずみ》に梅紫《うめむらさき》の彼岸花。縫い取りが美しいと評判の半衿屋には秋の柄が出揃って、見ているだけでも胸が躍る。若い娘たちで賑わっている店内は華やかで、鬢付け油の甘い香りに満ちていた。

「やだもう、どうしよう。ちっとも決められなくって困る！」

中でもひときわ上等の鬢付け油を香らせたお伊勢が、見世棚に並んだ半衿を見て身悶えする。母親譲りの艶やかな髪に挿した、びらびら簪《かんざし》が揺れている。目が輝き、頬はほんのりと上気して、少しも困っている様子はない。

「ねぇ彩さん、どれがいいと思う？　この着物に合わせたいんだけど」

甘え上手のお伊勢はそう言って、お彩に腕を絡めてくる。十七の娘の頬は瑞々《みずみず》しく、少し鼻にかかった声は鼓膜を心地よく震わせる。

香乃屋の母娘はとりたてて美人というわけではないが、髪の手入れを怠らぬのと、化粧のうまさで妙に美しく見える。日蔭町の若者たちも、お伊勢に懸想《けそう》しているのが少なくはない。

いずれ香乃屋を継ぐつもりでいるお伊勢がほしいのは婿養子。共に店を盛り立ててくれる婿を選ぶため、「言い寄ってくる男の人は多いほうがいいじゃない」としれっと笑う。さすがはあのおかみさんの娘である。

それゆえに、身に着けるものを選ぶにも余念がない。今日の装いは萩色と白の市松模様の振り袖に紅絹の襦袢をたっぷり見せて、黒繻子《くろじゅす》の昼夜帯を路考結《ろこうむす》びにしている。明るさが滲み出ているお伊勢の顔立ちには、よく似合っている。

もっともこの着物の見立てをしたのも、お彩なのだが。買い物のときはいつだって、お伊勢はお彩を誘ってくる。

私だって、暇ではないんだけれど。

近所の古着屋から受けた繕い物の仕事を、今日中に片づけてしまうつもりでいた。行灯の油を切り詰めたいから、正しくは夕暮れまでにだ。それなのにお伊勢が昼過ぎに来て、「おねがい」と拝み倒されてしまった。

頼られたら断れないお彩の性分を、お伊勢はよく分かっているのだ。本当にちゃっかりしている。だが妹のように懐かれては、悪い気もしなかった。

「お伊勢ちゃんは肌が白いから、顔周りに淡い色を持ってくるといいよ。ほら、これとか」

店に入ったときから、お伊勢に似合いそうだと目をつけていた半衿を指差す。薄黄《うすき》蘗《はだ》の地に、撫子《なでしこ》色、白、若葉色の小菊が散った、愛らしい柄である。

「そう、じゃあこれにする」

さっきまでどれにするか決めかねて困っていたくせに、お伊勢はあっさりその半衿を手に取った。

「いいの？　そんなにすぐ決めちゃって」

「ええ。だって彩さんの色の見立てに間違いはないもの」

そう言ってくれるのは嬉しいが、色について特に学んだわけではない。ただ幼いころから辰五郎の作業場に入り浸り、錦絵に命が吹き込まれる様を見てきた。絵草紙の代わりに、色見本に夢中になって育ったのである。世に溢れる色をすくい取り、すべてに名前をつけてあるのが面白かった。

「お礼に彩さんも、一枚選んでちょうだい」

自分のために選ぶなら、青竹色に葡萄《ぶどう》柄が縫い取られた半衿。内心そう思ってはいたが、お伊勢の申し出にお彩は首を振る。

「私はいいわ」

「どうして。そのつもりでおっ母さんから余分にお小遣いをもらったのよ」

やっぱりおかみさんの手回しだったか。たまには華やいだ場にお彩を連れ出してやらねばと、意気込んでいる母と娘である。お伊勢が誘いに来なければ、穴蔵のようなあの部屋で、父の恨み言を聞かされながら針を動かしていただろうに。

「ひどい娘だよ、お前は。こんなになっちまったお父つぁんを、酔わせてもくれないなんて。鬼だ、鬼。血も涙もねぇ鬼だよ！」

そんなふうに罵《ののし》られていたのを、お伊勢だって聞いたはずだ。

「だったらその余分で、お伊勢ちゃんのをもう一枚買いましょうよ。あの乙女色も気になっていたの」

乙女色は恥じらうような乙女椿の色である。お伊勢の着物に使われている萩色よりずっと淡く、襟元に向けてぼかしが入ったように見えるだろう。銀杏《いちょう》柄の縫い取りの、糸が白であるところも楚々としてよい。

「んもう、彩さんは欲がないんだから」

お伊勢はおかみさんほど無理強いはしない。「じゃあそれも買っちゃおう」と、二枚の半衿を店の手代《てだい》に渡した。真っ直ぐに育っているこの娘はきっと、情けをかけられる者の惨《みじ》めさなど考えたこともないのだろう。

お彩だってこの歳ごろには、なんの憂いもなかった。辰五郎の評判は上々で、一番弟子の卯吉に幼い憧れを抱いていた。あの幸せな日々は、一夜にして崩れ去ってしまった。

「どうもありがとう」

支払いを済ませた品物を風呂敷に包んでもらい、お伊勢は軽く頭を下げる。その拍子に、甘い髪の香りが強く立ち昇る。手代がうっとりと目を細めたことに、お伊勢だってきっと気づいている。

こんな夢のような香りを、お彩はもはや振りまけない。昨日もらった匂い袋は、家の柱に浮き出た釘へ引っ掛けてある。丁子の香りは辰五郎の饐《す》えた汗や下帯に染み込んだ尿のにおいをごまかしつつ、しだいに褪《あ》せてゆくのだろう。

「ああ、お彩ちゃん。やっと帰ってきた」

お伊勢と連れ立って京橋の半衿屋から戻ってくると、香乃屋のおかみさんが待ちかねたように手を振った。娘ではなく、お彩に用があるらしい。帳場のある店の間から、往来に身を乗り出している。

「どうしたんですか、おかみさん」

もしや父が騒ぎでも起こしたか。お彩は小走りになって近づき、おかみさんの背後に控える人物に気づいて足を止めた。

「あなた、昨日の！」

なぜこんな所にいるのか。香乃屋の店の間に座り、暢気《のんき》に茶を飲んでいたのは、たしかに南伝馬町で出くわした狐面の男だった。

「これはこれは、覚えててくれはっておおきに。嬉しわぁ」

なんとも白々しい。男の笑みは摑みどころがない。あんなふうに声を掛けられて、忘れられるほうがどうかしている。

「ねぇ、誰、誰？」

好奇の虫を抑えきれぬお伊勢が、後ろから袖を引いてくる。浮いた話を心待ちにされても困るのだ。

「知らない人よ」

「ひどいなぁ、お彩はん。わてら、イキな仲ですやん」

「誤解を招くような言いかたはしないでください」

いつの間にか、名前まで知られている。さっきおかみさんが呼んだからか。まさか、こんなふうにつきまとわれるとは。

「なんなんです、あなた。どうやってここまでたどり着いたんですか！」

「絵草紙屋のご主人に聞いたら、いろいろと教えてくれましたえ」

なんということ。どこの馬の骨とも知れぬ相手に、よくぞそこまで口が軽くなれるものだ。

「いろいろ？」

「涙なしには語れんことを。あんさん、苦労してきはったんやなぁ」

「そう、そうなんだよ。なのに愚痴一つ零《こぼ》さないこの子が、あたしゃ不憫でねぇ」

おかみさんが着物の袖口を目元に当てて、涙を絞るふりをする。お彩の帰りを待つうちに、こちらもずいぶんいらぬことを喋《しゃべ》ってくれたものと見える。

「いったいなにが目的で――」

「だから言うてますやん。江戸の色について、ご教示願いたいんやわ」

「本当にそれだけ？」

「他になにがおますねや」

昨日のお彩の捨て台詞《ぜりふ》を真に受けたのか、男は渋い江戸茶の着物に身を包んでいる。あまり似合ってはいない。昨日とは違い、生地は木綿だ。ただし、目玉が飛び出るほど高い唐桟織《とうざんおり》である。

「ねぇねぇ、お兄さんってなにしてる人？」

男に金のにおいを感じたか、お伊勢が上がり口に腰掛けて、馴れ馴れしい口をきく。

「へぇ、上方から下ってきて、ケチな商売をしとります」

「名前は？」

「右近《うこん》います」

なんだか京らしい雅《みやび》な名だ。本名だとしても、実に胡散臭い。

「独り身なの？」

「恥ずかしながら。まだまだ半人前なもんで」

お伊勢のあけすけな問いかけにも、右近はそつのない受け答えをする。相手が独り身と聞いて、お伊勢はなぜお彩を横目に窺うのか。おかみさんまでが、うきうきとした目でこちらを見ている。

「お帰りください。そして二度と来ないでください」

「そうそう、昨日はさすがに不躾《ぶしつけ》やったと思いまして、手土産を持ってきましてん」

やっぱり話が通じない。右近はお彩の剣幕をものともせずに、懐から辛子色の巾着を取り出した。その中には赤絵の蓋物。蓋を取ってみると、粒の揃った金平糖《こんぺいとう》がぎっしりと詰まっている。

「あら、美味《おい》しそう。あんた、ねぇ、あんたぁ。すぐにお茶を四つ持って来ておくれ」

おかみさんが目を輝かせ、奥に向かって呼びかける。帳場にいないと思ったら、香乃屋の主人は内所にいるようだ。こちらも婿養子なので、おかみさんには頭が上がらない。

「ほら、お彩ちゃんも突っ立ってないでお座り。せっかくだから、皆でいただきましょう」

その「皆」の頭数に、主人は入っていないようだ。否と言う間もなく袖を引かれ、お彩は強く抗《あらが》うことができなかった。

とげとげの白い金平糖を、指で摘《つ》まんで転がしてみる。まるで星屑のような菓子だ。元は南蛮菓子らしいが、今やすっかり江戸に根付いている感がある。

とはいえ今のお彩が気軽に手を出せる値でもない。最後に食べたのは、火事の前。卯吉が少ない給銀の中から、お彩に買って来てくれたっけ。

口の中で転がすとほんのり甘く、歯を立てるとほろほろと崩れてゆく金平糖。京橋川の畔《ほとり》に二人で並び、儚《はかな》い甘さを味わった。

「金平糖は、どうして白ばかりなんでしょう」と首を傾げると、「お彩ちゃんは、おかしなことを言うなぁ」と卯吉は笑ったものだった。

「ううん、美味しい」

「甘ぁい！」

香乃屋の母娘は喜怒哀楽が激しい。金平糖に苦い思い出がなくても、お彩はあんなふうにはしゃげない。

「食べはらへんのですか？」

金平糖を眺めているだけのお彩に、右近が声をかけてくる。物思いに沈んでいたせいで、唇からぽろりと呟きが洩れた。

「金平糖は、なぜ白いのかしら」

なにを口走っているのだろう。おかみさんとお伊勢にも声が届いたらしく、二人で顔を見合わせている。

「そりゃあ、白砂糖の色だろ？」

「砂糖を煮溶かしたものを何度も鍋に回しかけて、この形になると聞いたわよ」

金平糖は平鍋に入れた芥子粒《けしつぶ》に糖蜜を少しずつかけて混ぜ、それを十日ほども繰り返して作られているという。小さな菓子一粒にかけられた手間暇を思えば、値が高いのも頷ける。

白砂糖が白いのだから、金平糖も白くてあたりまえ。空はなぜ青いのかと尋ねるようなものだ。「おかしなことを言う」と笑った、卯吉の声がよみがえる。

「へぇ。なんでそう思わはったん？」

思いがけぬ問いかけが聞こえた。ハッとして顔を上げると、右近が興味深そうに手元を覗き込んでくる。お彩はつい、しどろもどろになってしまった。

「その、色はつけられないのかと。最後に加える糖蜜に、たとえば梔子《くちなし》や露草《つゆくさ》の色を混ぜて――」

「つまり、黄色や青の金平糖ができないかってことかい？」

「ええ、まさにそれです」

おかみさんが助け船を出してくれ、お彩は頷く。

「それをひと色ずつ売るんじゃなく、白、黄、青と混ぜて売ったら——」

「絶対可愛い！」

金平糖の入った蓋物を見下ろして、黄色い声を上げたのはお伊勢だ。右近が「なるほど」と顎先を撫《な》でる。

「できるかどうかは職人に聞いてみな分かりませんけども、面白そうどすな」

「おかしなこと」が「面白そう」になった。そんなふうに言われたのははじめてで、右近の狐面にまじまじと見入ってしまう。どうやら本心から出た言葉らしい。

「せや、お彩はん。その面白さで、わてのお友達に力添えしてくれまへんやろか」

「力？」

これまでなら、なにも聞かずに断っていただろう。だがお彩は少しくらい、右近の話に耳を傾けてもいいかという気になっていた。

「へぇ、実は来月大きい茶会があるそうで。その主菓子《おもがし》をいくつかの菓子屋に競わせて選ぶことに決まったゆうて、お友達はどういう菓子を作ったらええやろかと、ずっと悩んではりますねや」

大きい茶会というと、来月なら炉開きか口切りだろう。その程度の知識はあるが、茶会などお彩には縁のない話だ。

「私、上菓子なんか食べたことがありません」

餅菓子や団子などとは違い、白砂糖をふんだんに使い意匠にも凝った上菓子など、庶民の口には入らない。米ならば今年は豊作らしく一両で八斗ほども買えるところを、ある店の上菓子の色とりどりに詰められた四段重は、なんと六十両もするらしい。

そんな上菓子屋を数店競わせようというのだから、依頼元はどれほどのお大尽《だいじん》だ。茶の作法すら知らぬお彩に、ますます出る幕はない。

「構しまへん。上菓子で大事なんは、味以上に見た目どす。お彩はんは特に、色について意見してくれはったら充分や」

たかだか金平糖の色について言及しただけで、ずいぶん買《か》い被《かぶ》られたものだ。自分には身に余る。そう思う一方で、面白そうだと胸が躍っていたりもする。

お彩よりも、お伊勢が手を叩いて喜んだ。

「すごい。やってみなよ、彩さん」

「もちろんタダでとは言いまへん。せやなぁ、お友達の菓子が選ばれた暁には、五十出しまひょ」

当のお彩が黙っているので、右近は金の話まで持ち出した。右手の五指を開き、突き出してくる。

「五十文、ですか」

子供の小遣いに毛が生えた程度のものだ。それでもありがたい。たしか醤油の買い置きが切れかけていた。

ところが右近が示した額は、お彩の想像の域を超えていた。

「いいや、銀五十匁《もんめ》どす」

金にすると、一両近い。

ひゅっと喉の奥が鳴る。続いてお彩は激しくむせた。自分が菓子を作るわけでもないのに、銀五十匁なんて馬鹿げている。こんな話に、裏がないはずがない。

「大丈夫でっか」

背中をさすろうと伸ばされた、右近の手を振り払う。お彩は咳が止まるのを待ってから、きっぱりと返事をした。

「お断りします」

四

三日後、お彩は右近に伴われ、日本橋方面に向けて歩いていた。

頭上には浅黄色の空が広がっているというのに、胸の内はちっとも晴れぬ。いったいどこに連れて行かれるのだろうかと、女衒《ぜげん》に買われた娘の気分だ。二十三にもなった女が高く売れるとは思えないが、なにかよからぬことをさせられるのではと気が気でない。色事でないなら、犯罪の片棒でも担がされるのか。はたして無事に帰れるのかどうかも分からない。

それでも金を作らなければ。よりによって、右近に借りてしまった金を。

香乃屋の店の間で金平糖を食べたあの日、右近の頼みをけんもほろろに断って、お彩はひと足先に裏店へと引き上げた。日が暮れるまでに、繕い物を三枚は仕上げてしまいたい。貧乏暇なし、自分にはのんびりと茶を飲んでいる余裕はないのだ。地道に実直に、日銭を稼いでゆくしかない。

そう心に決めて、お彩は「お父つぁん、ただいま」と部屋の板戸を引き開けた。だがどういうわけか、人の気配がない。部屋の中は、がらんどうだった。

「お父つぁんがいないの！」

急ぎ足で香乃屋に戻ると、右近はまだそこにいた。そろそろ帰るつもりだったらしく、上がり口に腰掛けて、草履《ぞうり》を履いているところだった。

震える声で辰五郎の不在を訴えると、おかみさんが「なんだって！」と青ざめた。

布団に温もりは残っていないし、厠《かわや》にもいなかった。他の部屋にお邪魔している様子もなく、ならば外に出かけたのだろう。客が団子になってやってきたときがあり、見逃してしまったかもしれぬとおかみさんは言う。

あの不自由な目で、いったいどこへ。一人歩きに慣れているわけでもないというのに。

「ひとまず自身番に届けて――」

狼狽《うろた》えるばかりのお彩に代わり、お伊勢が下駄を突っかける。表に飛び出したところで、「あっ！」と叫んで通りの向こうを指差した。

辰五郎が五十がらみの男に手を引かれ、よろりよろりと歩いてくる。見知らぬ男だ。

それでも辰五郎の無事を知り、お彩はほっと腹の底を緩めた。

だがそれもつかの間のこと。辰五郎は頭から樽に突っ込んだかのように酒臭く、見るからに酩酊していた。

辰五郎を連れてきた男は、居酒屋の亭主らしい。お彩が酒を買ってこず、隣近所にもお父つぁんには飲まさぬようにと頼んであるため、辰五郎はツケで飲もうとふらりと出かけて行ったのだ。

「だけどはじめての客だし、ツケにしとくにゃ額が大きいんで、しょうがないから出張ってきたんでさぁ」

辰五郎はすでに話もできず、香乃屋の店先で船を漕いでいた。お彩は懐から紙入れを取り出し、頭を下げる。

「ご迷惑をかけてすみません。おいくらでしょう」

「千四百文でさぁ」

「はい？」

声が裏返る。裏店の店賃の、三月分《みつき》ほど。一人で飲んでそんな額になるはずがない。

「お連れさんたちがずいぶん飲んでましたからねぇ」

「連れ？　誰ですか、それは」

「さぁ。払いはこの親爺さんがすると言って、帰っちまったんで」

後に辰五郎から聞き出したところによると、酒が飲みたくて外に出たものの、右も左も分からなくて、道行く人に「居酒屋はどこか」と縋《すが》りついていたらしい。その折に、「俺たちも行くから、一緒に行こうぜ」と声をかけてくれた男たちがいた。居酒屋の亭主の話では、七、八人で連れ立って来たというから、そいつらだろう。

つまり辰五郎は、ごろつきたちの鴨にされてしまったのだ。安酒ならばその人数で飲んでもそこまでの額にはならぬから、ここぞとばかりにいい酒を呷《あお》ったに違いない。

「なんてひどい人たちなの」と憤《いきどお》ったところで後の祭り。どこの誰とも知れぬ者には、酒代を払えと詰め寄ることもできやしない。かといって千四百文もの金を、すぐさま都合できる身分でもない。

「申し訳ないことです。毎月少しずつお返しします」

「そうは言ってもねぇ」

踏み倒されることを恐れてか、亭主は口元を歪《ゆが》める。腕組みをしてお彩の頭のてっぺんから爪先まで、値踏みするように眺め回した。その眼差しに好色そうな粘り気が含まれており、お彩はぞっとして我が身を庇《かば》うように抱いた。

もしかするとこの亭主も、ぐるだったのかもしれない。辰五郎とごろつきたちの組み合わせは傍《はた》から見てもおかしかったはず。そんな連中に請われるままに、高い酒を出すものだろうか。

「あんた、歳は」

薹《とう》が立っちゃいるが、まぁいいか。亭主の顔に、はっきりとそう書いてある。

「ちょっとなにさ、卑怯じゃないか！」

おかみさんがいきり立ち、お伊勢がお彩に抱きついてきた。庇ってくれるのは嬉しいが、血の気の多いこの母娘に任せていたら、町ぐるみの騒動になりそうだった。

「はいはい、そこまで。江戸っ子のくせに、イキやないなぁ」

ぽんぽんと手を打ち鳴らす音に振り返る。右近のことを忘れていた。相変わらず、上っ面らしい笑みを浮かべて立っていた。

「あんさんも、たった千四百文のかたにされるて、どれだけ安いねや。怒りよし」

「お、大きなお世話です！」

「怒る相手が違うわ。なぁ、兄さん。わてが代わりに払《は》ろたるから、去《い》によし」

　右近は力みを感じぬ足取りでするすると亭主に近づき、そう言ったときにはもう、二分金を目の前に突き出していた。

　だが亭主のほうは、割り込んできた上方男に虚仮《こけ》にされて、すでに引っ込みがつかない。

「なんだてめぇ、よそモンは黙ってろ！」

　唾を飛ばし、右近に詰め寄る。その大きく開いた口に、右近はあろうことか、二分金を飴玉のごとく放り込んだ。

「んがぐ！」

　亭主は驚いて口を押さえた。喉仏が、大きく上下する。

「ほれ、払いましたで。あとはあんさんが取り出してや」

　あまりのことに、怒りなど吹き飛んでしまったようだ。亭主は真っ青になって喉をさすっている。

「出てきたらちゃんと洗うんやで。ばばっちいからな」

「お、覚えてやがれ！」

　こんな得体の知れぬ男には、関わらぬが吉である。亭主は分かりやすい捨て台詞を残し、逃げるように去って行った。

「はん！　お伊勢、塩撒《ま》いてやんな！」

「はぁい。彩さん、何事もなくてよかったねぇ」

よくはない。債主がよりたちの悪そうな男に変わったというだけだ。

「ほんま、お彩はんが無事でなによりや」

そう言って、右近は含みのある微笑みをこちらに向けた。


「ほら、ここですわ」

日本橋人形町。右近が立ち止まった店の看板を、お彩はおそるおそる見上げる。

『春永堂《しゅんえいどう》』という金箔押しの文字が燦然と輝いており、小豆《あずき》の炊けるにおいが往来にまで漂い出ている。その香りにつられたように、身なりのいい女がするりと店の中に入って行った。

「本当に、上菓子屋だ」

「だからそう言うてますやろ」

どこに連れて行かれるのかと気を張っていたものだから、ほっと肩の力が抜けた。右近がくすくすと笑っている。この男が声を出して笑うのを、はじめて聞いた気がした。

「話は通してありますから、裏から入りましょか」

それにしても間口六間《けん》はある、立派な店だ。もちろん食べたことはないが、『春永堂』の名前ならよく知っている。鈴木越後や金沢丹後といった名店とも並び称されるほどの菓子屋である。その店の主と懇《ねんご》ろとは。

「あなたはいったい、何者なんですか」

裏口へと回りつつ尋ねてみる。右近はもう、上っ面の笑顔に戻っている。

「なんのことあらしまへん。同郷もんゆうだけで、江戸では仲良うなりますねや」

この男はべつに、悪い人ではないのかもしれない。それでも信の置けぬことに変わりはない。油断せぬよう気を引き締めて、お彩は勝手知ったる様子で裏口の板戸を開ける右近の後に続いた。

応対に出た女中に用向きを伝えると、話は通っていたらしく、すんなり奥の間へと通された。

作業場は技術を盗まれないためと衛生のために、職人以外は立ち入り禁止なのだという。菓子作りの参考にするためか座敷に面した庭には四季折々の草花が植えられて、色づきはじめの紅葉葉《もみじば》が、ちらちらと木漏れ日を降らしていた。

先刻の女中が、静々と煎茶を運んでくる。緑色の茶を飲むのもお彩にとっては贅沢だ。ほのかな苦みを舌に乗せ、添水《そうず》の音など聞いていると、まったく別の世界に来てしまったような心地がする。

私、なんでここにいるんだっけ。根本を見失いそうになった。

「いやはや、どうも。お待たせしてしもうて」

しばらくすると右近と同じ上方訛りの男が、蒔絵《まきえ》の重箱を手に入ってきた。おそらく春永堂の主人だろう。見たところ三十半ばとまだ若いが、どうも疲れている。頬は削げ、目の下にはくっきりと隈《くま》が浮いていた。

「永《えい》はん、まいど。首尾はどうでっか」

「嫌味言いなや。わての顔見りゃ分かるやろ」

このやり取りからすると、右近とは本当に親しいようだ。

「選定会まであと十日しかないゆうのに、考えれば考えるほどよう分からんなってしもてなぁ。夜も満足に寝られんわ」

これはそうとう行き詰まっている。春永堂は深いため息をつくと、お彩に縋るような眼差しを向けてきた。

「右近はんから、話は伺うてます。お彩はん、この度《たび》はどうぞよろしゅう」

まさか菓子についてはずぶの素人のお彩を、これほど丁重に迎えてくれるとは思わなかった。お彩は顔の前で手を振った。

「いえ、そんな。私なんて、お菓子もお茶も詳しくはありませんし」

「それでも右近はんの連れてきはったお人なら、話を聞くだけの値打ちはありますよって」

驚いた。思いのほか、右近は信用されている。そっと横目に窺うと、当の本人に「なんやねんな」と睨《にら》まれた。

「正直、言いかたは悪いけども藁にも縋りたい気持ちですわ。せやし、忌憚《きたん》のない意見を聞かしてください」

春永堂はそう言って、膝先に置いた重箱の蓋を取る。そのままずっと差し出され、お彩は思わず「わぁっ！」と華やいだ声を上げた。

中に入っていた菓子は三種。紅緋、黄蘗、薄萌葱《うすもえぎ》の三色を朧《おぼろ》状にこんもりとまぶしたもの。薯蕷饅頭《じょよまんじゅう》に栗の焼き印を押し、紅葉型の羊羹《ようかん》をあしらったもの。黄丹《おうに》色の、柿を模《かたど》ったもの。どれもこれもお彩の目には珍しく、美しい。

「ひと通り、講釈さしてもらいます。この三色のはきんとんゆうて、色つけて網で濾《こ》したそぼろ餡で餡玉を包んだものどす。薯蕷饅頭は見ての通り、中は栗餡になっております。柿は求肥《ぎゅうひ》、中は漉し餡どす」

これらがすべて、食べ物だなんて信じられない。棚に飾って、いつまでも眺めていたいくらいだ。

「どうぞ、味見しておくれやす」

「えっ、そんな。もったいない」

春永堂に菓子を勧められ、うっかり本音が洩れてしまった。

「せやけど、食べてもらうために作ってますんで」

それもそうだ。苦笑いはしているものの、春永堂に気分を害した様子がないのは幸いである。

「ええっと、では、思い切って」

懐紙と黒文字《くろもじ》を手渡され、お彩はこの美麗なるものを腹の中に収める覚悟を決めた。

まずはきんとんから。黒文字を入れると餡玉の黒紅色が覗き、切り口までが美しい。

軽く躊躇《ため》らった後に口に入れ、そのとたん、これでもかと目を見開いた。

「お、美味しい！」

気づけばそう叫んでいた。こんな旨い菓子を食べたのははじめてだ。上品な甘さが舌の上でするりと溶けて、花の香りのごとく広がってゆく。初恋の記憶が呼び覚まされそうな、夢心地へと誘われる。

行儀が悪いと知りつつも、我慢できずにすぐさま薯蕷饅頭をひと口。柔らかくて粘り気のある皮に、ねっとりと仕上げられた栗餡がたまらない。

続いて柿を模った菓子。中の餡をほんのり透かした求肥は大福餅よりずっと薄く、そのくせもっちりとした弾力がある。

「よかった、気に入ってもらえたみたいやね」

気に入るもなにも、この菓子を受けつけぬ者などいない。誰よりも、春永堂本人がよく分かっているくせに。職人としての自信がしたり顔に表れている。

「すみません。本当に、どれもこれも美味しくて」

ついつい貪《むさぼ》るように食べてしまった。この三種、味は甲乙つけがたい。だが見た目で選べというならば——。

「私はこの、きんとんがいいと思います」

なんといっても色合いが素晴らしい。紅葉の葉の、色の移り変わりを表している。

隣で様子を見ていた右近が、「せやな」と頷いた。

「やっぱり『錦秋』は綺麗やもんな」

「せやけど、目新しさがあらへん」

「それやなぁ」

右近と春永堂が腕を組んで同時に唸《うな》り、お彩は目を丸くした。この雅やかな菓子が、ありふれていると？

聞けばこのきんとんは、「錦秋」の名で毎年秋に春永堂の店先を飾っているそうだ。しかも上菓子の意匠としては、特別珍しくもないという。生まれも育ちも庶民のお彩は、ただただ仰天するばかりである。

「紅葉の羊羹散らしてみたり、寒天で艶出してみたりもしたんやけども、ごてごて飾るのもスイやない。もういっそ、紅葉から離れたほうがええんやろか。秋らしい色ゆうたら、他になにがおますやろ」

「秋の色、ですか」

だんだん見えてきた。自分がここに呼ばれたわけが。春永堂は、閃《ひらめ》きに繋《つな》がるきっかけがほしいだけなのだ。

「今度の選定会は、うちの店にとっては勝負ですねや。これが取れるか取られへんかで、評判ががらっと変わってくる」

それほどの規模の茶会。春永堂の物言いからすると、そんじょそこらの商人が開くものではないのだろう。

「いったい、どこの茶会なんですか」

答えはなんとなく見当がついた。誰が聞き耳を立てているわけでもないのに春永堂は周りを見回し、声を潜《ひそ》めた。

「千代田ですわ」

やはり。「奥ですか?」ともう一歩踏み込んで聞いてみると、春永堂は曖昧に笑い返してきた。

間違いない。千代田のお城の、大奥だ。ならば皆、ひと通りの教養はあるはずだ。

秋の色、秋の色。お彩は凄まじい勢いで、頭の中の色見本をめくり続ける。考えろ、考えろ。はっと目を引き、なおかつ高貴な女性にふさわしい色。

たとえばそう、紫！
「見えた！」
思いつきの嬉しさに勢い余り、お彩は隣に座る右近の膝を叩いていた。

五

穴蔵のような裏店に吹き込む隙間風が、だんだん冷たくなってきた。夕方から雨になるのだろうか。建てつけの悪い戸が、がたがたと音を立てて揺れている。夕方から雨になるのだろうか。雨が降るごとに、秋が深まってゆくのを肌で感じる。

寒くなるとなにかと物入りだ。薪炭の減りは早いし、できれば厚い綿入れがほしい。

そう思いながらお彩は薄っぺらい綿入れを、ちくちくちくと縫っていた。

鉛色の着物は、辰五郎のものである。仕事で繕い物を受けていると、自分たちの冬支度が出遅れがちになる。

辰五郎はといえば、例の居酒屋の一件からやけに大人しい。さすがに己を恥じているのか。酒のことなど忘れたように、一日中うつらうつらと過ごしている。

戸板がひときわ高く鳴った。それでも辰五郎は目覚める気配がない。

顔を振り向けると戸がうっすらと開いており、その隙間から白い手が、こちらに向かって手招きをしていた。

お彩を呼びにきたお伊勢の後について香乃屋に赴くと、瑠璃紺の綿入れを着た右近が涼しい顔で座っていた。この男にはどうやら、青みの入った色が似合う。

「どうでしたか?」

挨拶もそこそこに、気になってしょうがなかったことを尋ねた。昨日の夜あたりからそわそわして、何度か針で指を突いている。

春永堂の主に会ってから、ちょうど十日。選定会は昼前に終わったはずだ。

「はて、なんのことどすやろ」

わざとらしくとぼけてみせる右近が忌々《いまいま》しい。その膝元には、蒔絵の重箱が置かれている。

「さては、うまくいったのね!」

右近の表情を読み取り、お伊勢がひと足先に浮かれ声を出した。右近は言葉には出さず、にんまりと笑い返す。

「やったぁ!」

おかみさんが飛び上がる。お彩の手を取って跳ね回るものだから、こちらもつられてぴょんと跳ねてしまった。まるで我がことのように嬉しい。春永堂は、勝ったのだ。

「つきましては新作菓子『菊重《きくがさね》』を、皆さんにも食べてもらいたいゆうて、永はんから預かってきましてん」

そう言って、右近が重箱を畳の上に滑らせる。それに引き寄せられるようにして、お彩、お伊勢、おかみさん、奥から出て来た香乃屋の主人までが、店の間で車座になった。もったいぶった手つきで蓋が開けられる。そのとたん重箱から、光が放たれたように思えた。

「わぁ、綺麗！」

お伊勢とおかみさんの声が揃う。お彩も実物を見るのははじめてだ。息を呑み、しばし見とれた。

白と紫、二色のそぼろ餡を用いたきんとんである。高貴な女性の茶会と聞いて、お彩の頭に浮かんだのは、襲《かさね》の色目の取り合わせだった。公家によって定められた、季節ごとの色の配合である。

その中では白と紫、正しくは淡紫《うすむらさき》の取り合わせを、菊重という。早霜が当たって紫に変わった白菊の色を表しているそうだ。なんとも格調高く、すっきりとした色目である。それでいて、そこはかとなく色香が漂う大人の色だ。

「きっと、ご上臈がたにも気に入っていただけると思うんです」

春永堂の奥の間で、お彩は目を輝かせて訴えた。なにより自分がその色合いの菓子を見てみたかった。

「白と、淡紫どすか。たしかに綺麗ですやろな」

お彩の案を聞いて、春永堂はむむむと唸る。すぐに食いついてこないあたり、これではまだ弱いのだろう。お彩は目を瞑《つむ》り、こめかみを揉んだ。

どのくらいそうしていたのだろう。傍観に厭《あ》きたらしい右近が、お彩と出会ったときの話を春永堂にしはじめた。

「富士の色が赤い、ゆうて騒いではるから、なにごとや思いましたわ」

やかましい。できることなら忘れてほしいものだ。

それにしてもあの赤富士は、本当に許せない。初摺のぼかしの具合は、見る人が見れば驚嘆するはずだ。できることなら今売れているという赤富士の横に並べてやりたい。あの有明《ありあけ》の、光の移ろいときたら——。

瞼《まぶた》の裏でなにかがきらりと光った気がした。息を詰め、その一点に意識を凝らす。炙り出しの絵のように、だんだん浮かび上がってくる。

柔らかな朝日を受けて、水晶の輝きを見せているのは早霜だ。色の変わりつつある白菊に、薄化粧を施している。

白と淡紫が、光に透かされていた。綺麗だ。この景色のままを、お菓子に写し取れたらいいのに。

そう思ったときにはもう、お彩はぱっちりと目を開けていた。

右近が懐紙に「菊重」を取り分け、それぞれに配っている。

見れば見るほど、お彩が春永堂に伝えた景色、そのままだ。白と淡紫の色合いが、霜が下りたように霞んで見えるのはぼかしの技である。

そぼろ餡の紫をひと色ではなく、白との合わせ目に向けて徐々に淡くしてもらった。おそらく春永堂は絶妙の色合いに仕上げるべく、試行錯誤を重ねたのだろう。押し頂いて眺めてしまうほどの、宝玉のごとき出来映えだ。

「信じられない。これが菓子だなんてねぇ」

「ひぃ、ふぅ、みぃ。一つ余るんじゃねぇか？」

「んもう、お父つぁん意地汚いわね。辰五郎さんのぶんに決まってるでしょう」

気を回してくれたのは、右近か春永堂か。辰五郎の目にも、この美しい菓子を見せてやりたかった。「なんだこりゃあ。世の中にはとんでもなく美しいものがあるんだなぁ」と、子供のようにはしゃいだに違いないのに。

辰五郎の目は、もう治ることはないのだろうか。治らないにしても、酒以外に生きる喜びを見出せはしないものだろうか。

「お彩ちゃん、なに見とれてんだい。自分で案を出した菓子だろう」

ぼんやりしていると、おかみさんに背中を叩かれた。

「早く食べましょうよ」と、お伊勢が待ちくたびれている。

抹茶などという高級なものはないが、香乃屋の主人が煎茶を淹《い》れてくれた。春永堂はご丁寧にも、黒文字まで右近に持たせていた。

「なんだか切っちまうのがもったいない気がするねぇ」

ためらうおかみさんを尻目に、お伊勢が「菊重」をひと口大に切り分ける。その切り口にまた、「わぁ!」と歓声が上がった。

中の餡玉は、梔子色の栗餡だ。それを真っ白な求肥で薄く包み、二色のそぼろ餡を載せてある。朝の光が薄膜を透かし、菊花を照らしているという見立てである。

「まさか、切り口までこんなに綺麗だとはねぇ」

おかみさんがお伊勢の手元を覗き込み、ため息をつく。きっと今日の選定会でも、奥女中たちは感嘆の声を洩らしてくれたことだろう。

自分の見立てた色が、高貴な方々にまで認められた。抑えようのない胸の高鳴りに、お彩は頬を上気させていた。

「永はんが、近いうちにお彩はんに礼をしたいと言うてましたで」

夢中で食べはじめた香乃屋の面々をにこにこと眺めながら、右近が感謝の言葉を伝えてくる。なんとも面映《おもは》ゆく、お彩はうつむきがちに首を振る。

「いいえ。私もいい経験になりました」

まさかこのような形で、人の役に立てるとは思わなかった。色の見立ては、身に着けるものに限らない。この世の中は、ありとあらゆる色に溢れているのだから。

「約束の銀五十匁も、永はんが出してくれはるそうで」

もうしばらく喜びに浸っていたいのに、右近がきな臭い話を持ち出してくる。途方もないことである。

「まだ言っているんですか。そんなにいりませんよ」

まったくこの男ときたら、油断するとすぐこれだ。それを言葉通りに払おうとする、春永堂もどうかしている。

「せやけど茶会の主菓子に決まったことで、永はんの懐にどんだけ入ると思ってますのん」

「そりゃあ、作ったのは春永堂さんですし。私は案を出しただけです」

「それをひねり出すのがどれだけ難しいか。しかもきっかけどころやない、この菓子の見た目は一から十までお彩はんの言うたとおりやないか」

「だったら、右近さんに借りているぶんだけ頂戴します」

この話はこれまでとばかりに、ぴしゃりと言い返す。右近はやれやれとばかりに肩を縮めた。

「はぁ、欲のないことで」

欲ならある。まだ誰にも言ったことはないが、摺師辰五郎の仕事場を、再興したいと思っている。目が見えぬままでも優れた右腕さえいれば、弟子の指導ができるだろう。

問題は、当の辰五郎にその気がまったくないことだった。

「お彩ちゃん、食べないの?」

おかみさんに促され、お彩ははっと我に返る。そうだ、いくら美しいといっても、菓子は食べるためにあるのだ。

お彩は「菊重」に黒文字を入れ、切り口を楽しんでから口に入れる。

あまりの旨さに、舌がはじけ飛ぶかと思った。

色も香も

一

もうしばらくで桜の咲く頃おいゆえ、大気がほのかに芳《かんば》しい。外に出れば万物が桜色の霞で彩られているように見えるのは、気のせいだろうか。

染物の桜色は、花ではなく花を咲かせる前の枝を煮出して染め液を作るという。ならば開花に向けて力を溜めているこの季節、花はなくともその気配は漂い出ているのかもしれない。

ぱん、と物干し竿にかけた手拭いの皺を伸ばし、お彩《あや》は胸いっぱいに息を吸う。二月も残すところわずかとなり、春の訪れが素直に嬉しい。洗濯一つするにしても、井戸端で身を縮めて震える必要はないし、水は日ごとにぬるみゆく。なにより薪炭の減りが少なくなったことが、お彩の寂しい懐にはありがたい。衣替えが近くなれば、繕《つくろ》い物も多く持ち込まれることだろう。

「お父つぁん、起きて。布団を干してしまいたいの」

空は気持ちよく晴れ渡り、雨の心配はなさそうだ。戸を開け放したままの部屋に向かって声をかける。だが中にいるはずの父、辰五郎《たつごろう》からはなんの返事もない。

「ねぇ、お父つぁん」

なにげなく中を覗き込み、ぞくりとした。表店《おもてだな》の裏に身を寄せ合うようにして建つ、棟割り長屋。温かな陽光は部屋の中までは届かない。薄暗い四畳半の万年床に身を起こした辰五郎は、まるで幽鬼のように色がなかった。

また、痩せたんだわ。

前に突き出した首の、つけ根の骨が恐ろしく尖《とが》っている。はだけた着物から覗く肋《あばら》も、ほとんど皮が貼りついているだけだ。娘が戸口に立ったのを察してか、辰五郎はうつむいたまま呟いた。

「酒」

「まだ朝よ」

光を失った辰五郎の目には、朝と夜の区別もない。摺師《すりし》という生き甲斐と職も失って、この人は生きたまま死んでいるのかもしれない。生きている者は頰に、耳朶《じだ》に、指の先に、色が差す。なのに父は薄墨でさっと刷いただけのような、あやふやな存在だった。

「夕方になったら、一合だけ飲ませてあげる。だから、それまで辛抱して」

座敷に上がり、冷たい手を握り込む。酒を厳しく禁じたせいで、目を離した隙に辰五郎が外に飲みに行き、ごろつきたちの鴨にされてしまったことがあった。まったく飲ませないのもよくないのだろう。そう思い直し、夕方に一合だけと、毎日耳元に言い聞かせている。

「体を拭いてあげる。さっぱりするわよ」

父の頭から酒への欲を追い出そうと、お彩は努めて明るい声を出す。身を翻して井戸に水を汲みに行き、手拭いを絞った。

辰五郎は微動だにしない。着物を肩から落とすと、背骨の浮き出た背中に手拭いを当てる。そのときだけ、細い肩がぴくりと揺れた。冷たかったのだろう。だがそのほうが、目は覚める。

「外は暖かいよ。後で散歩に行きましょう。寝てばかりじゃ、足腰がなまってしまうわ」

ごつごつと、手拭い越しに骨が当たる。所々に染みの浮いた、辰五郎の肌は真っ白だ。血色が戻るようにと祈りながら、お彩は体を拭く手に力を込めた。

針穴を、嫌うように糸が逃げてゆく。何度か針に糸を通しそこない、お彩は目頭を揉んだ。

ずいぶん日が長くなったとはいえ、昼八つ半（午後三時）ともなればここ日蔭町にはほとんど日が差さなくなってしまう。ただでさえ薄暗い家の中はいっそう青く沈み、手元が覚束なくなってくる。

お彩は膝を崩し、光を入れるため開け放したままにしてある戸口へと躙《にじ》り寄る。依頼された繕い物は、黒羽二重《くろはぶたえ》の小袖である。檳榔子《びんろうじ》、柘榴《ざくろ》、五倍子《ふし》などを用いて入念に染めた上黒だ。上等な黒は光に当てても透けることなく、どこまでも黒い。

こんな着物を着られるのは、いったいどこの御大尽か。下請けのお彩には知るべくもない。つかの間の手触りを楽しみながら、黙々と針を動かしてゆく。

「あーやーさん」

しゃらりとびらびら簪《かんざし》の鳴る音がして、戸口にひょっこりと顔が覗いた。この裏店の大家でもある、香乃屋《かのや》の娘のお伊勢《いせ》である。

「今、忙しい？ ちょっとうちに、お茶でも一服しにこない」

辛気臭い家の中で息を詰めていたお彩は、その潑剌《はつらつ》とした笑顔に救われた気持ちになった。若さの漲《みなぎ》る頬はほんのり桜色に染まり、身に着けた黄八丈の黄色が鮮やかだ。眩しいものを見るように、お彩は軽く目を細めた。

背後では、辰五郎が饐《す》えたような寝息を放っている。昼餉の後の腹ごなしに、芝の海辺にまで連れ出したので疲れたのだろう。海の青さは見えずとも、波の音や潮の香りに癒されてくれたらと願ったが、辰五郎は終始むっつりとしたままだった。

「それじゃあ、お言葉に甘えて」

首を左右に傾けると、枯れ枝を踏んだようにポキポキと鳴った。目を覚ました辰五郎が誤って踏まぬよう、やりかけの繕い物は針をつけたまま行李《こうり》に仕舞う。思いのほか手足が冷えていて、熱い番茶が恋しかった。

香乃屋の店内は今日も丁子《ちょうじ》や白檀《びゃくだん》といった、胸の浮き立つような香りに包まれている。ちょうど客が途切れたらしく、鬢付《びんつ》け油を選ぶ女たちの姿はない。その代わり店の間には、久方ぶりに見る顔が、あたりまえのように座っていた。

「ああ、お彩はん。すっかりご無沙汰さんで、すまんことでしたなぁ」

わざとらしいほどの上方訛り、狐にも似たその笑顔。まさか再び見《まみ》えることがあろうとは、思ってもみなかった。

「なに用ですか！」

半歩後退《あとずさ》り、身構える。それほど右近《うこん》と名乗るこの謎の京男は、胡散臭い。

「可愛《かい》らしなぁ。そないびくびくせいでも、取って食いやしまへんで」

問われたことにまともに答える気がないところも、相変わらずだ。

「彩さん、可愛いだって」とお伊勢が脇腹を突いてくるが、これは褒めているのではない。揶揄という。

「無沙汰のままでよかったのに」

「嫌やなぁ、やっぱり当たりがきついわぁ」

うっかり洩れた呟きを、地獄耳が拾い上げた。口では「嫌」と言いながら、右近は身をくねらせる。実にふざけた男である。

昨年の秋、南伝馬町の絵草紙屋《えぞうしや》の近くでたまたま出会った右近に、手助けを求められたことがあった。お彩が色に聡いのに目をつけて、「お友達」の上菓子屋の菓子の色について意見をくれと頼んできたのだ。

それがやんごとなき筋の茶会に出すための主菓子《おもがし》で、幸いにも評判はよかったという。そう聞かされてから、すでに四月《よつき》。右近からはなんの音沙汰もなく、とっくに縁が切れたものと思っていたのに。

「よかったよ、こうして訪ねてきてくれて。どこの誰とも知れないから、こっちは探すあてもないもんねぇ」

香乃屋のおかみさんが、こちらを見遣りながらほくそ笑む。お彩を訪ねてくる男がいて、嬉しいのだろう。年が明け、お彩は二十四になった。数年前の自分にまだ独り身だと教えてやれば、きっと目を剝いて驚くに違いない。一寸先は闇である。

「あれっ、言うてまへんでしたか。まぁ、あっちゃこっちゃフラフラしとる身ですからなぁ」

おかみさんに水を向けられても、右近は出自を告げようとはしなかった。京紫の縮緬《ちりめん》の小袖に上黒の羽織という身なりで、にこにこと笑っている。どう見ても、「あっちゃこっちゃフラフラ」している者が纏《まと》える着物ではない。

おそらくは、いずこかの大店《おおだな》の若旦那。光も通さぬ上黒に目を留めて、なるほどこういう人が着るのねと、お彩は頭の片隅で苦く笑った。

「そんなことよりもほら、今日は手土産がありますねや」

手ぶらで来たことなどないくせに、そう言って右近は膝の上に載せていた巾着を開く。出てきたのは、見覚えのある赤絵の蓋物だった。

「おや、金平糖かい」

おかみさんの声が弾んでいる。以前も同じ蓋物に、金平糖がぎっしり詰まっていたのだ。

「そうなんやけども、お彩はん、ほれ、もそっとこっちに」

右近はもったいぶって蓋を取ろうとはせず、こちらに向かって手招きをする。訝《いぶか》りながらも顔を寄せると、鼻先でぱかりと開いた。

「ああ」

思わず知らず、吐息が洩れる。そこにあったのは、紛れもなく金平糖だ。ただし白一色ではなく、ほんのりと黄色に色づいたものが交じっている。

「前にお彩はん、金平糖に色はつけられへんのやろかと言うてはったやろ。それをお友達に話してみたら、あれこれ試してくれはって、やっと出来上がったそうで」

たしかにそう言った覚えはあるし、右近も「面白そう」と感心していた。でもまさか、こうして形になるとは思わなかった。

「梔子《くちなし》で染めはったらしいですえ」

　金平糖屋にまで友人がいるとは、右近はそうとう顔が広い。江戸に来てまだ間もないと言っていたが、おそらくそれも嘘なのだろう。

「素敵。色がついただけでどうしてこんなに可愛いの」

　お伊勢が手を握り合わせ、うっとりと金平糖に見入っている。それこそが色の力だ。鮮やかな色が入るだけで、はっと目が惹きつけられる。若い娘が着飾るのと同じこと。たとえばお伊勢が着ている、黄八丈のようなものだ。

「せっかくやから皆さんに食べてもらおと思うて、持って来ましたねや。おおい、ご主人」

「はいはい、ただいま」

　右近が奥に向かって声を掛けると、香乃屋の主人がいそいそと茶を運んできた。高価ゆえ、めったに口にできぬ金平糖だ。主人の足取りは、見るからに浮かれている。

「いやぁ右近さん、また会えて嬉しいよ」

　目当ては右近本人ではなく、手土産なのは明らかだ。いつもはおかみさんの陰でひっそりしている主人が、満面に笑みを広げている。

　お彩は思った。懐柔とは、こういうことを言うのかと。

二

角《つの》のある小さな塊を、口の中でころころ転がす。梔子で色づけしたという金平糖は、色は違えど味は同じ。甘く儚く、舌の熱に溶けてゆく。

「たとえばこれで味が蜜柑《みかん》だったりしたら、なお面白いのにねぇ」

おかみさんが黄色い金平糖を摘み上げ、「惜しいね」と笑う。右近も「そうですなぁ」と頷いた。

「お友達もそう思って試したらしいんやけども、蜜柑の汁が入るとどうしても割れてしまうみたいで」

「へぇ、そうなのかい。素人が考えるほど簡単じゃないんだねぇ」

ころころ、ころころ。右近の話では金平糖というのは、コテ入れ十年、蜜掛け十年と言われるほど難しい菓子だという。おそらく色をつけるのも、簡単ではなかったのだろう。

「だけど、これは売れるわよ。女の子はきっと好き」

「おおきに。せやけど売り出すのはまだ先かなぁ。今は赤と青を作り出そうとしてはるところですわ」

「ますます素敵！」

赤の色づけに使うのは、紅花から取る形脂《かたべに》か。だとすれば色つきの金平糖は、さらに値が上がることだろう。

目を輝かしているお伊勢には悪いが、庶民には縁のない菓子だ。先日の上菓子もそうだった。美しいものの多くは、富める者のためにある。

だけど、錦絵は違う。市井の生活に寄り添い、共に在る。裏店に寝起きする者にも楽しめる、美しい娯楽だ。

錦絵で使う顔料も、基本は赤、青、黄の三色。それらを混ぜ合わせ、様々な色を作る。辰五郎は見本の色を見ただけで、同じ色を何度でも作りだせるほどの熟練だった。あの技をもう、目の当たりにすることができないなんて。

口の中の金平糖に、歯を立てる。溶けて小さくなっていたから、事もなくほろりと崩れた。

「ところで今日は、お彩はんに仕事を頼みとうて来たんですわ」

右近の話し相手を香乃屋の母娘に任せてやり過ごそうとしていたのに、仕事と言われては知らんぷりもしていられない。辰五郎がああなってしまった以上、お彩が稼がねば立ちゆかないのだ。

「繕い物ですか。やりますよ」

上等な羽織に目を留め、請け負った。この身なりなら針仕事ができる女中くらい雇っていそうなものだが、詮索はしないことにする。右近には、あまり関わりたくはない。

「そうやのうて、お友達の小間物問屋の娘さんが、来月見合いすることになりまして。そのための着物を、お彩はんにちょちょっと見繕ってほしいねや」

またもや「お友達」だ。お彩は呆れて首を振る。

「それのどこが仕事なんですか」

「見合いがまとまった暁には二両払うと言うてますから、立派に仕事ですやろ」

「ににに、二両！」

驚きのあまり、声がひっくり返った。今住んでいる裏店を、二年近く借りていられるほどの額だ。京菓子屋の春永堂《しゅんえいどう》もそうだったが、なぜ右近の「お友達」はこうも金の感覚がおかしいのか。

「そんなもの、なにか裏があるに決まっています！」

「疑り深いなぁ。ここだけの話、見合いのお相手が紙問屋の越前屋《えちぜんや》はんですねや。その若旦那の奥に納まれるんやったら、二両なんか安いもんどす」

「駿河町の越前屋？」

「ほほう、そりゃ玉の輿だねぇ」

越前屋と聞いて、お伊勢とおかみさんまでが鼻息を荒くしている。なにせ公儀御用達、

江戸でも指折りの大店だ。そこに縁づくとなれば、結納金だけでもいくらもらえること
だろう。二両くらいは、はした金に思えてしまうのかもしれない。

「芝居の桟敷席の、こっちと向こうで遠目に窺い合うだけやよって、顔の造りもろくに見えやしまへん。せやからこそ、おべべの顔映りが大事ですわな」

見合いといっても言葉を交わせるわけでなし、身に着けているものや全体の感じで判断することになる。できることならその人となりを、着物で表してほしいというわけだ。

「お断りします」

お彩は悩む素振りも見せず、軽く頭を下げた。右近が珍しく、面食らった顔をしている。

「なんでですの?」

「二両なんて大金をいただくゆえんがありませんから」

「春永堂はんのときはもろうてくれはったやない」

「右近さんに用立ててもらった分だけでしょう。今はなんの義理もありません」

辰五郎がごろつきに騙されたとき、法外な酒代を立て替えてくれたのが右近だった。

春永堂の件はその弱みにつけこまれ、断れなかっただけのこと。しがらみがないのなら、辞退するに決まっている。

「なるほどなぁ、そうきましたか」

右近は感心したように顎を撫《な》で、それから舌なめずりをした。

「せやけどお彩はんはもう、金平糖を食べてしまわはったからなぁ」

「だったらなんです」

「これな、恐ろしく高いんどすえ。なんせこの黄色を出すために、職人が一人つきっきりになっとったんやから。金平糖を作るのに、十日以上かかることは知ってますやろ？」

お彩がなにげなく、色つきの金平糖はできないのかと呟いてから五月《いつつき》。その間一人の職人が、店に出す品の製造を止めてまで、試行錯誤に励んでいたのだ。手間賃や店の損害もろもろを考えると、この金平糖は目玉が飛び出るような値になるという。

「金平糖屋のお内儀はんには、『余計なことを』と文句まで言われましたわ。お彩はんが色つきの金平糖なんか思いつかはったせいどすえ」

それを金平糖屋に伝えたのは右近のくせに、自分のことはすっかり棚に上げている。のみならず、「俺も食っちまった、どうしよう」と青ざめている香乃屋の主人の肩に手を置いた。

「お彩はんが仕事を受けてくれへんのなら、しょうがない。ご主人に払うてもらいまひょ」

手土産の菓子を食べたところで、強請《ゆす》られるいわれはない。だが主人はすっかり縮こまって震えている。

「卑怯者！」

お彩は右近をキッと睨みつけ、声を大にして叫んだ。


日本橋駿河町は、通りに立つと富士山が真正面に見えることからその名がついた。ところが今日は、春の靄に隠れてまったく見えない。己の晴れぬ気持ちが景色に表れているかのようで、お彩はそっと溜め息を落とした。

日が陰りかけていても、「店前《たなさき》売り、現銀掛け値なし」で知られる越後屋をはじめ、大店が軒を連ねるこの界隈は人通りが多い。ずらりと続く越後屋の藍色の暖簾《のれん》と、茜色に染まる靄が一枚の錦絵のように映えていた。

「お彩はん、もの欲しげに越後屋はんを見てはるけども、わてらが行くのは越前屋はんですえ」

右近に肩をつつかれ、我に返る。風景に見とれていただけで、越後屋の扱う呉服に興味があったわけではない。

「べつに反物なんか！」と嚙みついても、右近は「はいはい」といなして先へと進む。嫌な男だ。お彩は渋々その後に続く。

「でも、どうして越前屋さんに？　着物を見立てるのは、小間物問屋の娘さんでしょう」

香乃屋の主人を盾にされて仕方なしに仕事を受けると、右近はさっそく「ほな、行きまひょか！」と立ち上がった。そのまま小間物問屋に向かうと思いきや、連れてこられたのは駿河町。越前屋の若旦那を、ひと目見ておこうと言うのだ。

「出入りの呉服屋が久野屋《ひさのや》はんに顔を出すのは明日ですよって。その前に敵を知っといたほうがよろしいやろ」

久野屋というのが、小間物問屋の屋号らしい。敵という言葉は見合い相手に使うものなのかと呆れながら、お彩は越前屋の店先にたどり着いた。

越後屋ほどではないが、間口の広い店である。鷹の羽紋が染め抜かれた暖簾が大きく垂れ下がっているため、店の中までは窺えない。

「ここの若旦那は仕事熱心で真面目に家業を手伝《てつど》うてるから、たぶん中にいはるやろ」

どこかの放蕩息子とは大違いだ。ぜひとも娘を嫁にやりたい相手である。

「どうするんです。若旦那が出てくるのを待ちますか」

「阿呆。小僧や手代やあるまいし、そうそう出たり入ったりしますかいな」

身も蓋もない言いかたをして、右近はさっさと暖簾をくぐる。この男は気後れという言葉を知らないのだろうか。お彩は引ける腰を励ましながら、どうにか足を一歩踏み入れた。

店内は広々として、店の間に広げられた紙の見本に幾人かの客が見入っていた。帳場に座る大柄な男が番頭だろうか。ならば客あしらいをしている長羽織の若者こそが、目当ての若旦那に違いない。同じ年頃の奉公人たちはお仕着せだから、見てすぐに分かる。

若者の隣にはどことなく面影の似通った、白髪交じりの男が座っている。こちらがこの店の主なのだろう。

「いらっしゃいまし」

客の相手を父親に任せ、若旦那が土間に下りてくる。変に謙《へりくだ》るところのない、上品な笑顔である。小袖も羽織も揃いで仕立てたのか、どちらも茶色がかった萌葱《もえぎ》色の梅幸茶《ばいこうちゃ》。若いわりに、趣味が渋い。

「すんまへん、お聞きしたいんやけども、このお店《たな》がかの有名な越後屋はんですやろか」

「は？」

帳面に向かって書き物をしていた番頭が、訝しげに顔を上げた。「なに言ってやがんでい」という表情である。店の中を見れば、呉服屋でないことは明らかなのだ。

よくもこんな惚けかたができるものだと、お彩は感心するやら恥ずかしいやら。右近の陰に隠れるようにして身を縮めた。

「いいえ。越後屋さんでしたらここを出て、右にずうっと歩いて行けばすぐに分かりますよ」

　ところが若旦那の笑顔には一点の曇りもない。物を知らぬ客を嘲《あざけ》りもせず、身振りまで交えて道案内をしてくれた。

「ああ、それは失礼。なんせまだ江戸に下ったばっかりで、右も左も分からんもんで」

「そうでしたか。では紙がご入用の折は、ぜひうちをご贔屓《ひいき》に」

　そう言って、深々と腰を折る。若旦那はそのままお彩と右近が外に出るまで、顔を上げようとはしなかった。

「ふむ、ありゃあ申し分のない婿ですなぁ」

　越前屋の店先から遠く離れ、ようやく右近が口を開く。感心したように、腕を組んで唸っている。

「上品で慎ましやかで誠実で、たぶん飲む、打つ、買うとは縁のないお人ですやろ」

　お彩もその人物評に否やはない。そうでしょうねと頷いた。

「楽しみがあるとすれば、芝居見物くらいのものでしょう」

　思ったままを口にすると、右近が「おや」と眉を持ち上げる。

「なんでそう思わはりましたん？」

「着物の色です。初代尾上菊五郎《おのえきくごろう》が好んだという、梅幸茶でしたから」

　初代尾上菊五郎（梅幸）は、享保から天明にかけて人気を取ったという役者である。

他にも路考茶《ろこうちゃ》、芝翫茶《しかんちゃ》、高麗納戸《こうらいなんど》といった、人気役者に由来する「役者色」がその時々で流行っている。

「おそらくお祖父様かお祖母様も、芝居好きだったのでしょう」

梅幸は若旦那が生まれるよりずっと前に出た役者だ。その芝居の妙を、語り聞かせてきた者が身内にいたのではと考えられる。見合いの席が芝居小屋というのは、はたしていいのか悪いのか。

「なるほどなぁ。ほな、芝居好きが芝居そっちのけで見とれてしまうような着物を選んでもらわんとあきまへんなぁ」

仕方なしに引き受けた仕事だったのに、なんだか難しくなってきた。芝居好きの目を奪うには、どんな着物で臨めばいいのか。役者色は、若い娘の晴れ着には地味すぎる。なんにせよ、人によって似合う色は違うのだ。まずは久野屋の娘に会ってみないと始まらない。悩むのは明日にしようと、お彩は縺《もつ》れかけた思案をいったん手放した。

三

小間物問屋の久野屋は、和泉橋にほど近い柳原岩井町にあるという。昼四つ（午前十時）ごろには顔を出すという約束だ。あのあたりまで行けば、店はすぐに分かるだろう。

「じゃあね、お父つぁん。たぶん昼餉までには帰れると思うから」

布団の上で小山を作っている辰五郎に声をかける。寝息は聞こえないのに、返事がない。

大丈夫なのかしら。胸に不安の影が兆す。留守の間不用意に動き回らぬよう、香乃屋のおかみさんには目を光らせておいてもらわねば。

そう思っていた矢先、板戸がほとほとと叩かれて、当のおかみさんが顔を覗かせた。

「お彩ちゃん、右近さんが迎えに来てるよ」

まさかと思って慌てて出てみれば、たしかに右近が香乃屋の店の間で、呑気に茶など飲んでいる。お彩の姿を認めると、ひらりと手を振ってきた。

「おはようさん。今日もご機嫌麗しゅう」

そんなもの、右近の前で麗しかったことなど一度もない。お彩は愛想の欠片《かけら》も見せずに言い返す。

「べつに、一人で行けますが」

「ええやないの。道中は一人より二人のほうが楽しおすえ」

「こんなことをしなくても、約を違えたりはしませんから！」

どうせお彩が約束をすっぽかさぬよう、わざわざ出張ってきたのだろう。渋々とはいえ一度引き受けたことを放り出すほど、いい加減な人間ではないつもりだ。馬鹿にして、と腹の中が波立った。

「あ、ちょっと。お彩はん！」

右近が立って草履を履くのを待とうともせず、お彩は北を指して歩きだす。ここから柳原岩井町までなら、半刻（一時間）はかかるだろう。その間、右近と肩を並べて歩くなど御免だった。

そんなお彩の気持ちを慮ってか、右近は三歩後からついてくる。いいや、この男にそんな真心はなかろう。きっと面白がっているだけだ。

本当に、腹の立つ。苛立ち紛れにいつもより歩幅が広くなる。そのせいで江戸橋を渡るころには脇にじわりと汗が滲み、息が切れかかっていた。

この先は、どのみち人通りが多くて早足では歩けない。己にそう言い訳をし、お彩は周りに合わせて歩調を弛《ゆる》める。右近はついて来ているのか。後ろを振り返ってたしかめてみる気にもならなかった。


「あっ！」

木綿問屋の建ち並ぶ、大伝馬町一丁目に差し掛かったときだった。小走りに角を曲がってきた職人風の男と肩がぶつかり、相手が手に持っていた紙の束がばさりと落ちた。

「すみません」

ぶつかって来たのはあちらだが、とっさにしゃがんで落ちた紙を拾い集める。見たところ、一枚物の摺物だ。真ん中に赤い『壽』の字と、太刀を持ち、睨みを利かせた男の絵が摺り込まれている。

三升の定紋は成田屋か。『歌舞妓狂言組十八番』の文字を読み取ったところで、妙な視線を感じて顔を上げた。

正面に突っ立ったままでいる男が、呆然とお彩を見下ろしている。見覚えのあるその顔に、息が止まるかと思うほど驚いた。

でもそうか、ここから小伝馬町はすぐそこだ。摺久《すりきゆう》の通り名で知られる、木曽屋《きそや》久兵衛《きゆうべえ》の仕事場がある。

お彩はいったんうつむき、ゆっくりと息を吐き出してから、集め終えた摺物の角を揃えて立ち上がる。「どうぞ」と差し出すと、男は震える手でそれを受け取った。

「久しぶりだな」

などと、どの口が言えたのか。

男は辰五郎の元弟子で、お彩の許嫁《いいなずけ》でもあった卯吉《うきち》だった。

相変わらず、勢いのある眉をしている。辰五郎はこの眉を、「上を目指せる人相だ」と言って気に入っていた。まさにその通りだ。師が光を失ったと知るや、さっさと見限って商売敵の元に行ってしまったのだから。

「お彩はん、大丈夫でっか」

ようやく追いついたのか、すぐ後ろから右近に呼び掛けられた。それだけで、びくりと肩が震えてしまう。卯吉がお彩の背後に険しい目を向けた。

「おい、なんだよてめぇは」

「ほほう、こりゃあ来月の、八代目市川團十郎襲名披露興行の摺物でんな」

拾い忘れがあったのか、右近の手には先ほどの摺物が一枚。どうせ卯吉の問いかけに、まともに答える気はないのだろう。

「たしか七代目が息子に名跡を譲って、自分は五代目海老蔵にもどらはるんやなぁ。演目は助六どしたっけ」

「見るな！」

卯吉が右近の手から摺物をひったくる。襲名披露で配る摺物を、摺久が手掛けたのだろう。卯吉はその見本を、どこかに届けようとしていたのだ。

右近のことは相手にならぬと見限ったか、卯吉はあらためてお彩に顔を向けてきた。言いづらそうに、だが聞かずにはいられないという口調で問うてくる。

「この男は、お前さんの？」

「先を急ぐので、失礼します」

見当違いも甚だしいが、正直に答える義理もない。お彩は会釈を返し、そのまま前に踏み出した。

「待ってくれよ！」

今さら呼び止めてどうするつもりか。お彩は感情の壺に蓋をして、歩を進める。

「親方は、どうしてる？」

カタカタカタ、壺の蓋が震えた。弱った父と自分を捨てておいて、なぜそんなことを聞けるのだろう。

お彩はしばし立ち止まる。振り返らぬ代わりに、背筋をぴんと伸ばして見せた。

「ご心配なく。仕事場の再興に向けて、毎日忙しくしていますから」

自分たちを捨てた男に、惨めな姿は見せたくない。このくらいの見栄なら、江戸っ子の心意気だ。

「そうか」

卯吉のほっとしたような呟きを背中で聞いて、お彩は再び歩きだす。今度はあちらも、呼び止めようとはしなかった。

なんなの、なんなの、なんなの！

胸の中に疑問が吹き荒れる。なぜ卯吉が、辰五郎の状態など気に掛けるのか。今も失意の底にあり、酒浸りになっていると告げたなら、戻ってくる意思はあるのだろうか。

いいや、卯吉はたんに、良心に刺さった棘を抜きたかっただけのこと。辰五郎が息災であれば、己の非情さに悩まずに済む。ただそれだけのために尋ねてきたのだ。

戻る気も、手を貸すつもりもないくせに。

悔しかった。跡継ぎと見なされていた卯吉が辞めたことで、他の弟子たちも辰五郎を見限ってしまったのだから。苦しいときにこそ、なぜ踏ん張ってくれなかったのか。仕事場を焼きつくした火事からもう二年以上が経ったというのに、心の古傷はまだじくじくと膿んでいる。

「ちょっと、お彩はん！」

後ろから腕を取られ、はっとして立ち止まった。目当ての柳原岩井町を通り過ぎ、神田川に架かる和泉橋を渡りきったところだった。

右近が狐めいた笑顔ではなく、涼しげな眼差しで顔を覗き込んでくる。

「着物の見立ては、また日を改めまひょか」

お喋りな絵草紙屋の主人や、香乃屋のおかみさんたちから、お彩の事情は聞かされていたはずだ。ならばさっきの男が何者かは、察しがついているだろう。

情けない。右近に気遣われるなんて。お彩はうつむき、息を整える。それから己の両頰を、手で挟むように叩いた。

「わっ！」

あまりに小気味のいい音に、右近が軽く飛び上がる。

頬がひりひりする代わり、頭はどうにか切り替わった。お彩はなにごともなかったかのように、和泉橋を引き返す。

「いいえ。引き受けたかぎりは全うします」

お彩が傷つき萎《しお》れていたって、世の中は構わずに回ってゆく。立ち止まっていたら餓えるだけだと、二年前にしかと学んだ。ならば動け。自分の手足の届くかぎりは。

「気丈やなぁ」

右近が呆れと感心の入り混じった呟きを洩らし、後を追ってきた。

「ほな見立てが終わったら、兄ちゃんが汁粉でも奢《おご》ったろ」

隣に並ぶころには、この男もいつもの調子を取り戻している。「兄ちゃん」とは誰のことだ。お彩は精一杯冷たく突っぱねた。

「いりません」

四

どうにか刻限通りたどり着いた久野屋は、間口こそ見合い相手の越前屋に及ばないが、買いつけに訪れた行商たちで繁盛していた。なんでも仕入れる品の細工がよくなったと、このところ評判を上げているのだとか。

見たところ、金に困っている様子はない。それでも江戸屈指の大店と縁づきたいものかと、不思議に思う。これから会う娘も欲得ずくなのだろうか。昨日見《まみ》えた越前屋の若旦那は、申し分のない人物だった。似合いの相手でなかったら、着物の見立てに身が入らないかもしれない。

右近と共に裏口から通されて、奥の間へと案内される。そこにはすでに通いの呉服屋が来ており、反物を包んだ風呂敷を解こうとしていた。

「ああ、右近さん」

顔見知りなのか、右近に向かって頭を下げる。お仕着せの手代ではなく、羽織を着た番頭だった。大きな鷲鼻が目立っており、いかにも押しが強そうだ。店の要となる者がわざわざ出張ってくるくらいだから、久野屋の気合いのほどが窺える。

チィチィと、奥の間に面した坪庭でメジロが鳴いた。赤い木瓜《ぼけ》の花が咲いており、蜜を吸いにきたのだろう。萌黄色の羽が鮮やかだ。

萌黄色は萌木とも書く、春の色。若い娘にもよく似合う。越前屋の若旦那が着ていた梅幸茶にも通じる色で、隣に並んでも調和が取れる。

呉服屋の番頭が並べている反物の中にも、萌黄があった。四君子《しくんし》（梅、菊、蘭、竹）模様の友禅だ。色の浅黒いお彩には合わぬ色だが、奥まった部屋に暮らす箱入り娘はさぞ肌が白かろう。華やかに着こなせるに違いない。

そんなふうに思案を巡らせていると、背後の襖が音もなく開いた。

「これはこれは、お内儀様。いつもご贔屓にしてくださって、ありがとうございます」

番頭が畳に手をついたのでそれと気づき、お彩も体ごと向き直る。番頭に倣って頭を下げつつ、上目遣いにお内儀の風体をたしかめた。

よく肥えた、鏡餅のような女だ。銀鼠《ぎんねず》の裾模様の着物は身幅が足りないのか、座ると前が割れ、重ね着にした素鼠《すねずみ》の小紋が覗く。小間物問屋のお内儀だけあって、色の取り合わせは悪くない。

「右近さん、この度はどうも、ご無理を聞いてくださって」

お内儀は頭を下げたままでいる番頭には目もくれず、右近に労《ねぎら》いの言葉をかけた。そういえば「お友達」だったか。出入り商人には挨拶すら返さない、横柄な態度が気にかかる。

この人の、娘か。

開いたままの襖の陰に、控えているのは気配で分かる。

「お蔦《つた》、なにをしているの。早く入りなさい」

母親に促され、さらりと衣擦れの音がした。お蔦が立って、部屋の中に入ってくる。

その顔の美しさに、お彩は思わず息を呑んだ。

お内儀も色白だが、お蔦の肌はさらに白い。若い娘らしい血色を透かした白ではなく、磁器のように冷たい色だ。髪は黒々として、伏し目がちの瞳も黒曜石の黒さ。所作の一つ一つに、張り詰めたような静けさが漂っている。

お蔦は菜の花色の着物の裾を捌《さば》き、座り直した。それからそっと、畳に三つ指をつく。

「本日は、私のために恐れ入ります」

声の色まで凛として、心地よい。しかもその労いは右近だけでなく、番頭やお彩にまで向けられていた。

この娘さんなら、安心して手を貸せる。まだろくに喋ってもいないが、そう感じた。

越前屋の奥に納まっても、うまくやっていけそうだ。

「いえいえ、この度は、精一杯務めさせていただきます」

番頭も、小僧や手代のころからひどい扱いには慣れているだろう。それだけに、誠実な応対は嬉しいものだ。もう一度、深々と頭を下げた。

「ではさっそくですが、晴れ着のご相談を。若いお嬢様にお似合いの色を持ってまいりました」

その言葉どおり、番頭が用意したのは春を思わせる明るい色の反物ばかり。二つ三つ手に取って、お蔦の前に広げて見せる。

「三月のお見合いということですから、やはり桜色か萌黄色、もしくは鮮やかな花浅葱《はなあさぎ》などいかがでしょう」

どれも絶妙な色合いに染められた、上等な反物だ。おそらく目玉が飛び出るほどの値がするのだろう。

「この中でも私が推すのは、萌黄ですね。見てください、この友禅の筆の細やかなこと。桜が満開の時分に若葉が萌える色を纏うのは、季節を先取りしていて洒落ていると思いますよ」

番頭は、なにも間違ったことは言っていない。お蔦も口上に乗せられて、「じゃあ」と萌黄の反物を手に取ろうとする。身の程でないのは分かっていたが、お彩は思わず叫んでいた。

「待ってください。それはいけません！」

粗末な木綿を着た女が、唐突に口を挟んできたのだ。お内儀の目がはじめて、お彩の顔に向けられる。

「なんです、あなたは」

誰何《すいか》する声が不機嫌だ。商売の邪魔をされた番頭も、訝しげに眉を寄せる。

「まぁまぁ。ひとまずこの人の言うことを、聞いてみてくれまへんか。色に関しては、なかなかいい目をしてますねや」

右近がへらへらと、緊張を感じさせぬ笑顔で間に入る。その取りなしにより番頭は、

「右近さんが、そうおっしゃるなら」と身を引いた。

お内儀はまだ、お彩の地味な縞木綿をじろじろ見ている。

「ね、ええですやろ。意見を聞くだけならタダですよって」

「まぁ、それなら」

あからさまに値踏みをされて、愉快な気分ではなかったが、今はお蔦の見合いが大事だ。元々面倒見のいい姉御肌、この誠実な娘には、幸せになってもらいたいと思いはじめている。

「ほな、お彩はん」

右近に水を向けられて、お彩は「失礼ながら」と膝を進め、背筋を伸ばした。

「お蔦さんに、春の明るい色は似合いません。それどころか、せっかくの綺麗な肌をくすませてしまいます」

お蔦の纏う気配や冷たい磁器のような肌の色に、春の明るさはそぐわない。げんに今着ている菜の花色の振り袖も、若い娘ということで着せられているのだろうが、少しも似合っていなかった。

己の頬に手を当てて、お蔦は不思議そうに首を傾げる。持って生まれたものがいいだけに、着るものにはさほどこだわりがないのかもしれない。

「でも若いお嬢様ですし、せっかくの見合いの席なんですから、やっぱり明るい色のほうが」

　番頭が食い下がってきた。口調は丁寧だが、仕事にけちをつけられて内心穏やかではないようだ。見合いの席なのだから華やかにという、番頭の気持ちはよく分かる。

「明るい色が悪いわけではありません。たとえば明るい鼠色なんかは、よくお似合いになるでしょう」

「いや、そりゃあ鼠色は人気ですけど」

　俗に四十八茶百鼠と言われるほど、鼠色の系統は多い。渋好みの江戸っ子だ。町に出れば若い娘でも、鼠色を好んで身に着けている。

「生地見本帳はお持ちですか」

　見たところ番頭は、春めいた色の反物しか持って来ていない。尋ねると、渋々ながら帳面を取り出した。小さく切った生地を貼りつけ、見本にしているのである。

　お彩はお蔦の顔と見比べながら、帳面を繰ってゆく。

　白鼠《しろねずみ》、銀鼠、藤鼠《ふじねずみ》、湊鼠《みなとねずみ》、錆青磁《さびせいじ》、柳鼠《やなぎねずみ》――。明るい鼠色系統の色を目で追った。どれもお蔦に似合いそうだ。もう少し、赤みがあってもいいかもしれない。そう、梅鼠《うめねずみ》に桜鼠《さくらねずみ》――。

「あっ！」

　唐突に、記憶の糸が張り詰めた。一枚の錦絵がするすると、脳裏に引き出されてくる。

その絵がなにかを悟ると同時に、お彩は手を打ち鳴らしていた。

「佐野川市松《さのがわいちまつ》！」

黙って様子を見守っていたお内儀の眉間に、クッと深い皺が寄った。

「初代尾上菊五郎と、初代佐野川市松は同じ舞台に立っていますよね！」

皆なにごとかと、脈絡のないことを言いだしたお彩に不審の目を向けている。すっかり舞い上がっているお彩は、そんなことに頓着してはいられない。背後に控える右近に顔を振り向けた。

「さぁ。わてにはちょっと、分からしまへん」

あたりまえだ。この中でもっとも年嵩のお内儀でさえ、生まれる前の役者である。

「お彩はんは、芝居に詳しいんでっか？」

「いいえ。一度も観たことはありません」

それでも役者絵は、錦絵の中の売れ筋だ。火事ですっかり灰になってしまったが、辰五郎の仕事場には古いものもずいぶんあった。石川豊信の筆による、『初代尾上菊五郎と初代佐野川市松の二人虚無僧』の紅摺絵をよく覚えている。

初代佐野川市松は、市松模様の名の由来にもなった人気役者だ。この染め模様の裃《かみしも》を、愛用していたという。

同時にお彩の頭に浮かんだのは、東洲斎写楽『三世佐野川市松の祇園町の白人おなよ』の錦絵だ。こちらは三代目の女形姿を描いたもので、衿元と袖が市松に染め抜かれた着物を纏っている。その着物の色が、桜鼠だ。

お彩はお蔦に向き直り、越前屋の若旦那が芝居好きらしく梅幸茶を着ていたこと、ならばこちらも市松にちなんだ装いにしてはどうかということを、説いて聞かせる。気が昂《たかぶ》っているために、少しばかり早口になってしまった。

「錦絵によれば、桜鼠の着物に、雲取り模様の錆鉄御納戸《さびてつおなんど》の帯となっています。お蔦さんにはよく似合うと思いますよ」

桜鼠は鼠色がかった桜色、錆鉄御納戸は緑味のある暗く鈍い青を言う。くすみのある色のほうが、お蔦の冷たい肌を引き立てるに違いない。

「娘らしい色は、半衿や下に重ねる着物でちらりと覗かせるに留めましょう。写楽の絵でも、桜色や赤紅が用いられていたはずです」

生地見本の桜鼠をお蔦の顔に近づけて、番頭に訴えかける。だが生地があまりにも小さくて、似合う、似合わないの判断がつかないらしい。番頭は渋面を作り、腕を組んでいる。お彩の目には桜鼠を纏うお蔦がはっきり見えているというのに、もどかしい。

お内儀もまた、眉間に皺を寄せたまま首を傾げている。しかし若旦那が芝居好きと知ったからには、お彩の案を一蹴するわけにもいかぬと思ったようだ。

「桜鼠の着物なら持っております。少しお待ちください」

そう言うと、肥えた体を揺すって立ち上がった。

しばらくしてお内儀は、着物を包む畳紙《たとうがみ》を手に戻ってきた。中身は桜鼠の色無垢である。お蔦を促し立ち上がらせると、その肩にふわりと羽織らせた。

お内儀の着物ゆえ、身幅は合わない。それでも顔映りを見るには充分だ。

「おおっ！」

感嘆の声を上げたのは番頭である。不用意に洩れてしまったらしく、気まずそうに鷲鼻をこすり渋い顔に戻った。

番頭が驚くのも無理はない。桜鼠を纏ったとたん、元より美しかったお蔦の肌が光り輝いて見えたのだ。容貌だけでなく、その奥床しさや思慮深さまでが匂い立っている。

これにはお内儀も、肉に埋もれた目をまん丸に見開いた。

「まさか、こんなに違うなんて――」

「でしょう。鼠と名のつく色なら、なんだって似合うはずですよ」

「そうとは知らず、娘らしい色ばかり着せていました」

お内儀だって、鼠系統の色を好んで着ている。母と娘で、肌の質が似ているのだろう。

「よう映りますなぁ。着物の身幅を合わせたら、もっと引き立つのと違いますか」

「ええ、この色にしましょう。いいでしょう、お蔦」

「はぁ」

　周りから手放しに褒められても、ただ一人お蔦だけが戸惑いを見せている。手元に鏡がないせいで、実感が湧かないのだろうか。娘の曖昧な返事をよそに、お内儀は話を進めてゆく。

「じゃ、明日にでも桜鼠の反物を持ってきてくださいな。柄は、市松ですね」

「せやけどお彩はんの話では、市松柄は衿元と袖口だけですやろ。そんな反物ありまっか？」

「衿元はともかく、袖口は――。袖全体が市松なら、別布と合わせればいい話ですが」

「ほな、新たに染めてもらいまひょ。どうです、お内儀はん」

「ええ、ぜひに」

　見合いのために一から染めてもらうとなると、さらに高値となるだろうに、お内儀には迷いがない。それだけこの見合いに懸けているのだ。

　ところが番頭が難色を示した。

「でも、来月の半ばでしょう？　今からでは間に合うかどうか」

「分からんのなら、染め屋さんに聞いたらええやない」

「しかし――」

「ここでぐずしてる暇があるんなら、頭下げて頼みに行ったらどないですか」

右近の笑顔に凄みが滲む。あきらかに年嵩と思しき番頭が、「ヒッ」と息を呑んで畳に手をついた。

「その通りです。ではお内儀様、お嬢様、私はいったん失礼します」

そう言って、反物をまとめて風呂敷に包む。そのまま去ろうとした背中に、右近が声をかけた。

「せや、お彩はんが言うてはった写楽の絵、それも一応探させたらええんちゃいますか」

「かしこまりました！」

大店の番頭と思しき者に、この態度。あちらもまた、右近の顔色を気にしている。この京男は何者なのだろうかと、いっそう謎が深まってしまった。

「写楽ねぇ。たしかうちの物置に、古い錦絵がいくらかあったはずなんですけど」

お内儀が「ちょっと失礼」と、身を揺らして立ち上がる。下女らしき者の名を呼びながら、番頭に続いて奥の間を後にした。

来客二人と取り残されて、お蔦がもじもじと目を伏せる。元の顔立ちのせいなのか、眉のあたりに憂いが滲んでいるように見えた。

そもそも自分の見合いというのに、意見らしいものは口にしなかった。着物の色も柄行も、最後はお内儀が強引に決めてしまったのだ。もしかして、とお彩の胸がにわかに騒ぐ。

「お蔦はんは、この見合いにあんまり乗り気やないんですか」

右近もまた、同じように感じたらしい。微笑みを崩さぬまま、穏やかに問いかける。

お蔦は目を伏せたまま、じっと押し黙っている。それがなによりの答えだった。

「すみません。余計なことをしてしまいましたか」

よかれと思ってやったことが、裏目に出ることはある。お蔦の幸せを願って知恵を絞ったつもりだが、ただの有難迷惑だったか。

「せやけど、越前屋の若旦那はよさそうなお人どしたえ。悪い話やないと思いますけども」

「べつに、お相手に不満があるわけではないんです」

お蔦が静かに首を振る。それからようやく、自分の言葉で喋りはじめた。

「ただ、うちは私と歳の離れた妹がいるだけなので。私が婿を取って、家を盛り立ててゆくものと思っておりました」

金儲けが第一の商家では、たとえ息子がいても才覚がなければ娘に有能な婿を迎え、跡を継がせることも多い。この場合は娘しかいないのだから、当然そうなることだろう。

「家が心配なのですか？」

「ええ、それも、まぁ」

しかしお蔦は歯切れが悪い。右近が「ふむ」と顎を撫でた。

「よそに嫁ぎたくないわけは、竹蔵はんでっか?」

その名を聞いたとたん、温度を感じられなかったお蔦の肌に赤みが差した。それは誰かと右近を見遣れば、久野屋の番頭だという。店の評判が上がったのは竹蔵が番頭になってからで、かなりの目利きなのだとか。

お彩にもようやく分かった。そんな竹蔵だから前々からお蔦の婿と目されており、お互いに憎からず思い合ってもいたのだろうと。それなのに越前屋の若旦那との見合いが持ち上がったとたん、お蔦の両親はすっかり浮かれ、勝手に話を進めてしまったわけである。

「今さら嫌とは言えなくて、どうにかあちらから断ってくれないかと思っていたのですが」

お蔦の目に、じわりと涙が盛り上がる。黒い瞳が濡れて輝き、その美しさが胸を刺す。好いた相手と必ず一緒になれるなら、心中物は流行らない。誰もが叶わなかった恋を胸の内に秘めているからこそ、若い男女の道行きは美しく胸に迫ってくるのだ。お彩にも、卯吉と一緒になる未来を思い、幼い胸をときめかせたことがあった。

卯吉のことなどもう好いてはおらず、憎んでさえいるというのに、あのころのむず痒いような幸せは覚えている。当時はまだ若く、愚かだったのだと、過去の自分を責めなければ落ち着かぬうずきがある。越前屋との縁談が調った場合、お蔦は今のくすぶる気持ちに、どのような落としどころを見つけるのだろう。

「本当に、すみません」

「いいえ。あなたが悪いわけではありません」

お蔦が頭を振った拍子に、涙がひと筋頰にこぼれた。舞い上がっているふた親に、楯《たて》突《つ》くことのできぬ娘だ。これも運命と思い定め、半ば受け入れようとしている。

得意になって着物を見立ててしまった申し訳なさと、なんとかしてやりたいという焦りでこめかみが激しく脈打っている。指先で軽く揉みながら、お彩は卯吉が持っていた摺物を頭に思い浮かべる。

「お見合いのときに観る芝居の演目は、もう決まっていますか」

尋ねると、お蔦は袖で口元を押さえつつ首を振った。桟敷席で芝居を観るとなれば、芝居小屋を通してあらかじめ席を押さえておかねばならない。その手配はまだなのだ。

「ならば一か八かですが、八代目市川團十郎の襲名披露が観たいと言い張ってください。先方は別の芝居を薦めてくるかもしれませんが、なにがなんでもこれがいいと。七代目の芝居を観てみたいと踏ん張るんです」

「はぁ」

いったいなんの策を授けられているのかと、お蔦が目を瞬く。うまくすればだが、これで見合いが流れることもあり得る。だがたしかとは言えないから、ぬか喜びになるかもしれぬ安請け合いはできなかった。

「へぇ、色悪で有名な七代目の芝居でっか。そりゃあ華やかでよろしいなぁ。お彩はん、わてらも一緒に行きまひょか」

右近はお蔦を慰めるわけでもなく、相変わらずへらへらと笑っている。込み上げる苛立ちを抑えきれず、お彩は冷たく言い放った。

「行きません！」

五

三月に入ると、風はなおいっそう甘く、優しくなった。かと思えば急に冷え込む日があったりもして、油断がならない。そんな中でも桜の蕾はうんと膨らみ、ぽつぽつと笑みこぼれている。

お彩が南伝馬町の往来で右近と行き合ったのは、風が強く吹く日の昼過ぎのことだった。

繕い物を届けた帰り道、風で翻る裾を気にしつつ歩いていたら、「お彩はん」と呼び止められた。振り返るまでもなく相手が誰かは知れたから、お彩はそのまま足を速める。

「いや、ちょっと待ってや。ちょうどお彩はんに会いに行くとこでしたのや」

右近はめげることなく、後ろからついてくる。たまたま出会ったわけではなく、日蔭町に向かう途中だったらしい。そうと知っても、お彩は前を向いて歩き続ける。

「まぁええ、歩きながら話しまひょ。例の見合い、越前屋はんのほうから断ってきはったらしいですわ」

それはよかった。ほっとして、歩調を弛める。右近が隣に並んできた。

「お蔦はんとは好みが合わんようやとゆうて、見合いもせんうちからお断りや。お内儀はんは、茹で蛸みたいになって怒ってはりましたわ」

当然だろう。見合いの日取りまで決まっていたのに、失礼なことこの上ない。しかも断った訳がくだらない。

「役者の好みが違うからって、まさかそこまでしはるとはなぁ」

感心しているのか馬鹿にしているのか、間延びした口調で右近が呟く。お彩は込み上げてくる笑みを抑えきれず、口元を袖で隠した。

「お彩はんの策が大当たり、ゆうことか。ほんに、腹の黒いお人やわぁ」

右近こそ、腹の底が知れないくせに。どうせお彩が七代目の名を出したときには、その企みを見抜いていたのだろう。だからこそ、色悪だの華やかだのと言い立てたのだ。

梅幸茶の名の由来となった初代尾上菊五郎は、美貌より芸の役者だった。ゆえに美貌を謳われた二代目瀬川菊之丞にちなむ路考茶が若い娘たちを中心に大流行したのとは違い、梅幸茶は芝居通の間にだけじわりと広まった。お彩が越前屋の若旦那を見て「若いわりに、趣味が渋い」と感じたのは、そのためである。

一方この度五代目市川海老蔵と名を改めた七代目團十郎は、『四谷怪談』の伊右衛門や『累《かさね》』の与右衛門のような、二枚目ながら性根の黒い「色悪」で評判を取った役者だ。華のある男で、やることも万事派手。今も息子の襲名に合わせて成田屋相伝の荒事十八種を選び、『歌舞妓狂言組十八番』として、贔屓客に摺物をばら撒いているそうだ。卯吉が先日持っていたのがそれである。

あの歳で梅幸茶を着るほど渋好みの若旦那からすれば、鼻につく役者であろう。なら見合い相手が七代目贔屓と知れば、会う前から「合わぬ」と断じてくれるのではないか。ほとんど賭けのようなものだが、そんな思惑で授けた策だった。

「さて、なんのことでしょう」

右近に倣い、お彩も本心を隠して空惚ける。お蔦はこれで、好いた男と一緒になれるだろうか。

「はてさて。なんのことかは分からしまへんが、お蔦はんからお礼を言付かってますえ。見合いが流れたおかげで、竹蔵はんとの縁談が持ち上がったそうで。もう娘を外へはやらんと、久野屋のご主人が鼻息を荒うしてはりましたわ」

「そうですか。お幸せにとお伝えください」

それはいい話を聞いた。今日は珍しく、気分がいい。頭上を漂う鈍色《にび》の雲も、強い風に煽られてどんどん吹き流されてゆく。青い空が所々に顔を覗かせ、光の梯子が降りていた。

願わくばお蔦と竹蔵の進む道が、明るいものでありますように。そう願うばかりである。

「約束の二両は、残念ながらなしですわ。肝心の見合いがありまへんでしたしなぁ」

「そんなものはべつに、構いません」

そもそも見合いの晴れ着を見立てただけで二両など、馬鹿げた話だったのだ。お彩にはなんの未練もない。

「その代わり、ほらこれ」

右近が歩きながら、懐紙を捻《ひね》ったものを差し出してきた。つられてつい手を出してしまう。

「なんですか、これ」

「金や。一分金で、一両分」

「はっ？」

肩が震えた。懐紙はすでに、手のひらの上に載せられている。

「金平糖屋はんからどす。あの後赤と青もでけて、売り出してみたんやて。飛ぶように売れとるらしいですわ。せやから、その謝礼や」

「私の軽はずみな案のせいで、損が出ているんじゃなかったんですか」

「嘘やし。そんなもん、評判になったらすぐ取り戻せますわ。せやから金平糖屋はんも、手間暇割いて色つきの金平糖を作らはったんやし」

ではあれは、お彩に仕事を受けさせるための方便か。冗談ではない。会ったこともない金平糖屋から、金を受け取るいわれもない。

「こんな大金、受け取れません」

「なんでや。色つき金平糖はお彩はんの案やないの」

「思いつきを口にしただけです」

「その思いつきに値打ちがあるんやと、なんべん言うたら分かってくれはるんかなぁ」

ともあれと、右近にお捻りごと手を握り込まれた。なにをするのかと振り払おうとしたが、存外強い力である。細身のくせに、右近の腕はびくともしない。

「これは、金平糖屋はんの心づくしや。金はいくらあっても邪魔にはならん。『お父つぁん』の仕事場を、再興したいと思てはるんやろ？」

日蔭町に向かって歩き続けていたお彩の足が、ぴたりと止まる。頭ひとつ分高い、右近の顔をまじまじと見た。すがるような目つきになっていることは、自分でも分かった。

「どうして、それを」

そんなことは絵草紙屋の主人にも、香乃屋のおかみさんにも話していない。それよりも自分の幸せを考えなと、言われるのが目に見えているからだ。

「こないだ摺師の兄さんに、大見得切ってはったやない。見得にはその人の願望が出るもんでっせ」

右近の声は、幼子に言い聞かせるかのように優しかった。

「せやから、この金はもろとき。お彩はんの才で稼いだ金や。なぁんも後ろめたいことはあらへん」

鼻の奥がすくりと痛む。二年前の火事の夜から、気を張り詰めて生きてきた。年を重ね、ずいぶん強くなったと思っていたのに。それがなぜ、今になって緩むのか。

でもこんな男に、涙を見せてたまるものか。

お彩は渡された金を握りしめ、下唇をきつく嚙んだ。

青楼の春

一

目につくものすべてが朗らかに、笑っているように見える春うらら。家の前に無造作に積まれた桶や洗って干された刷毛《はけ》の類いも、どこかしらのんびりと、欠伸《あくび》をしているように思える。

どこから飛ばされてきたのか、ひらひらと舞う桜のひと片《ひら》を目で追いながら、お彩《あや》は作業場の板戸を開けた。

「俺ぁどうも、納得がいかないんですよねぇ」

懐かしい声が聞こえてくる。五人の辰五郎《たつごろう》の弟子のうち、もっとも若くてお調子者の平太《へいた》が首を捻《ひね》っている。隣に座る兄弟子の、摺り台に置かれた版木を覗き込んでいた。

「せっかくの傾城《けいせい》に、なんだってこんな色を差してくるんだか。俺だったらここぞとばかりに華やかにするんですがね」

絵師が校合摺《きょうごうずり》を用いて色を指定してくることを、色差しという。吉原の遊女を描いた絵にしては色使いが地味だと、不満を零《こぼ》しているのである。

「なに言ってやがんでぇ。まだ一色摺りしか任してもらえねぇ半人前がよ」

平太に背を向けて座っていた半兵衛《はんべえ》が、肩越しに振り返ってせせら笑う。まだ幼さの残る頬を膨らませ、平太は負けじと言い返した。

「兄ぃだって、引札ばっかり摺らされてんじゃねぇか」

「なんだとてめぇ！」

「うるせぇよ、目くそ鼻くそが！」

次の間へと続く襖がからりと開き、怒鳴り声が降ってきた。そこに仁王立ちしていたのはお彩の父、辰五郎である。

「ヒッ、親方。お戻りだったんで？」

さすがの平太も、これには縮み上がって驚いた。

作業場は十畳ほどの広さの板の間となっており、五人の弟子がそれぞれに道具を広げている。一人一畳では収まらないので、ここに辰五郎が加わると窮屈なほどだ。しかし辰五郎が不在のときは、やけに広々と感じられる。

そんな弟子たちの気の緩みを引き締めようと、辰五郎はたまに帰宅の際、次の間の縁側からこっそり入ってくる。その手にまんまと引っかかり、半兵衛も目を泳がせている。

「ちょっと前からお戻りだったさ。平太てめぇ、そんなに色差しがしてぇんなら今すぐここを辞めて絵師に弟子入りしやがれ。俺たちゃ、あくまで職人だ。決められた色を決められた通りに何百枚と摺るのが仕事なんだ！」

「はい、すいやせん！」

平太は小さく縮こまり、板の間に額を擦りつける。

「半兵衛も、半年違いの弟弟子にいちいちでけぇ面すんじゃねぇ。俺から見りゃ、どっちもゴマメだ！」

「――すみません」

半兵衛もまた、平太と並んで頭を下げた。

「それから彩、おめぇももう年頃なんだから、男所帯にむやみに出入りするんじゃねぇ」

叱責が、こちらにまで飛び火した。お彩は入り口の土間に立ったまま、顎を反らして腕を組む。

「あら、そう。じゃあもう昼餉《ひるげ》ができても呼びに来ないから、そのおつもりで」

隣に建つ自宅から辰五郎の帰りが見えたから知らせに来たのに、ご挨拶もいいところ。ぷいと顔を背けると、弟子の中でもっとも年長の伝蔵《でんぞう》がはははと笑った。

「こりゃあ怖い。親方、さっさと謝っちまったほうが身のためですぜ」

「知らない。平太さんと半兵衛さんは、きりのいいところで食べにきてくださいね」

他は皆通いだが、半人前の平太と半兵衛は住み込みの身だ。三食の面倒を見ているお彩には頭が上がらない。「へえ！」と威勢よく返事をした。

「おう、卯吉《うきち》。伊勢屋さんから名指しの仕事だ。てめぇのぼかしが気に入ったんだとよ」

辰五郎がお彩から目を逸らし、黙々と馬楝《ばれん》を動かしていた卯吉に声をかける。遊女の細かな着物の柄をくっきりと摺り込んでから、卯吉は「ありがてぇことで」と顔を上げた。

「親方、卯の字の兄ぃを持ち上げてお嬢の機嫌を取ろうって魂胆ですかい」

黙っていればいいところで、口を挟んでしまうのがお調子者。平太の頭にぽかりと辰五郎の拳骨が落ちる。

「馬鹿野郎。てめぇはそのよく回る口の半分くらいは手を動かしやがれ！」

「ひぃっ！　じゃあ親方その前に、昼餉を済ませちまいましょうや」

傍から見ても辰五郎の拳骨には力が入っていなかったから、本気で怒っているわけではない。ぶたれた当人にはそれがよりはっきりと伝わったようで、頭をさすりながらも飄々《ひょうひょう》としている。

「駄目だ、こりゃあちっとも懲りちゃいねぇ」

「昼飯抜きにしてやんな、お彩ちゃん」

兄弟子たちが平太をからかい、どっと笑いの渦が起こる。辰五郎が難しい顔をしているのも、そうやって唇の端を引き締めておかないと笑いが込み上げてくるからだろう。平太の場を和ませる力は、狭い仕事場では救いとなる。

卯吉が声を出して笑いながら、こちらにちらりと目を遣った。顔が熱く、お彩は両手で頬を包む。許嫁《いいなずけ》の卯吉が褒められるのは、たしかに気分のいいことだった。

目尻に伝うものを感じ、お彩はそっと瞼を開く。何刻かは定かでないが、四畳半ひと間の室内はまだ暗い。さっきまで明るい笑い声に満たされていたはずなのに、あたりはしんと静まりかえっている。

夢か。零れた涙を指先で拭い、お彩は小さく息を吐く。五郎兵衛町にあった仕事場が火事で焼けてしまう前の、あたりまえに続くと思っていた幸せな日々だ。

お父つぁんも、楽しそうだったな。

腕のいい弟子に恵まれて、平太のことも口は減らねぇが先が楽しみだと言っていた。それなのに誰一人として、光を失った辰五郎の元に留まってはくれなかった。

あの幸せは、紛い物だったのだろうか。火事によって奪われたものは数あれど、人を信じる心はもう、二度と取り戻せないのではないかと思う。

がさごそと、四畳半にくっついた狭い台所から音がする。鼠でも紛れ込んだのだろうかとそちら側に顔を倒し、隣の夜着が空なのに気づいて跳ね起きた。

暗闇に慣れてきた目に、台所にうずくまる背中が映る。よかった、外に出てしまったわけではなかった。こんな暗い中でいったいなにを訝《いぶか》り、辰五郎にとっては昼間でも同じことだと思い直す。

「お父つぁん、どうしたの?」

声をかけると、痩せた肩がびくりと揺れた。きっとまた、酒を探していたに違いない。酒屋の通い徳利《とっくり》は、辰五郎の手の届かない吊り棚の上だ。

「水を――」

苦しい言い訳は、喉に絡んで掠《かす》れている。煙でやられてしまったのか、弟子を怒鳴りつけていたころの力強い声はもう出せない。

「だったら、起こしてくれればよかったのに」

嘘と知りつつお彩は台所に立ち、水瓶の蓋を開ける。水を汲んだ柄杓《ひしゃく》を渡してやると、辰五郎はしょうがなく口をつけた。

背中に添えた指先に、鋭く突き出た貝殻骨が当たる。馬棟を握っていたころの辰五郎は、肩から腕、そしてなにより背中にみっちりと筋肉がついていた。多色摺りにはそれだけ力がいる。

たとえば十五色の色版を使う錦絵であれば、一枚の絵を摺るのに墨版と合わせて十六回、均一な力で摺り込んでゆかねばならない。それを初摺ならば二百枚、まったく同じ調子に仕上げるのだ。

お彩とて、父と同じ摺師を夢見なかったわけではない。だが女の細腕では、とうてい務まらぬ仕事であった。ならば陰から支えてゆこうと、幼い胸に誓ったはずなのに。

「まだ暗いわ。もうひと眠りしましょう。立てる？」

土間にうずくまっていた辰五郎に手を貸して、よろめきながら寝間へと導く。痩せ衰えた父の体すら、お彩には重たく感じる。ここしばらくの雨続きで、夜着はずしりと湿っていた。

二

三日ぶりの日差しの下で、藍染めの夜着が風に揺れている。継《つ》ぎ接《は》ぎだらけの布地は明るいところで見るとなおのことみすぼらしい。どこのお屋敷の庭から吹き飛ばされてきたのか、桜の花びらがひと片《ひら》だけ、継ぎを当てた縫い目に引っかかっていた。

そっとつまんだ花びらは、少し冷たい。人の心がどうあろうと、桜は毎年変わらずに咲き、散ってゆく。ここ数日の雨で、ずいぶん花を落としてしまったのではなかろうか。

この裏店《うらだな》に移ってきたばかりのころは、そんな心配をする余裕もなかった。

お彩は背伸びをし、竹竿に掛けておいた夜着を取り込む。まだ昼八つ半（午後三時）だが、ここは日蔭町。塀高く建ち並ぶ武家屋敷のせいで、日が傾くとすぐ陰になってしまう。夜着が湿気を吸う前にと、繕い物の手を止めて外に出てきたのだった。

「お彩はん」

　背後からの呼びかけに、お彩はぴたりと動きを止める。夢見もいまひとつだったこと
だし、今日は厄日なのかもしれない。

胸に夜着を抱えたまま、お彩は振り返りもせず自宅へ戻ろうとする。慌てた声が追いかけてきた。

「ちょっと、待っとくれやす。わてどす、右近《うこん》どす」

そんなことは分かっている。お彩の身の回りで西の言葉を使う者は一人しかいない。だからこそ、聞かぬふりを決め込みたいのだ。

「知りません、そんな人は」

つい先日、久野屋《ひさのや》の見合いが不首尾に終わったと告げにきたばかり。当分会うことはなかろうと思っていたのに、当てが外れた。

「ひどいわぁ。この間はわての胸で泣いてくれはったやないの」

お彩はぎりりと歯を食いしばる。こんな男の前で涙腺が緩んでしまったのは、一生の不覚だ。しかし、胸を借りたりなどしていない。

「やめてください、人聞きの悪い」

肩越しに睨みつけると、右近は狐面でにこりと笑った。まんまと振り返ってしまった自分に腹を立て、お彩はぐっと眉根を寄せる。

「ダメダメ、彩さん。皺になるわよ」

しゃらりとびらびら簪《かんざし》の鳴る音がして、右近の後ろからひょっこりと、香乃屋《かのや》のお伊《い》勢《せ》が顔を覗かせる。桜の化身と見紛うほどの、一斤染《いっこんぞめ》の振袖が揺れている。

「せやせや、難しい顔してたら老けますえ」

誰のせいだと思っているのか。お彩だってできることなら、不快な顔など見ずに過ごしたい。それなのに右近はもはや、裏木戸の内側にまでずかずかと入り込んで来ている。以前なら、お伊勢に呼びに行かせて自分は表店の香乃屋で待っていたのに。その遠慮がなくなったのは、やはり涙を堪《こら》える顔を見せてしまったせいだろうか。男の前でなんか泣くものじゃないと、ますます眉間に力が入る。

「なに用ですか」

この男が訪ねてくるのはいつも、お彩にひと仕事をさせたいときだ。それも生菓子や見合いのための着物の色を見立ててほしいといった、一風変わった依頼である。そんな簡単なことで大金を握らせようとしてくるのだから、裏になにがあるのかと勘繰ってしまう。

「いえね、花見にでも行きまへんかと思うてね」

不審が過ぎて、いよいよ眉間の皺が取れなくなりそうだ。下手な返事はできないと、お彩は口を引き結ぶ。

「いいじゃない、行ってきなよ。辰五郎さんのことは、あたしたちが気をつけて見とくからさ」

てっきりお伊勢も同行するものと思っていたのに、ひらひらと手を振っている。お彩はぎょっとして目を剝いた。

「えっ、二人で？」

「もちろん。お彩はんとわての仲どすやろ」

いったいどんな仲だというのか。ご近所に変な目で見られかねないから、やめてほしい。

「行きません」

「どうして、行っておいでよ。せっかく春だっていうのに彩さんったら、家に籠もって内職ばかり。気分を変えるのも大事だって、おっ母さんも言ってるわよ」

お伊勢までくっついて来たのは、さては香乃屋のおかみさんの差し金か。この母娘はよっぽどお彩に男をあてがいたいらしい。たしかに独り身とは言っていたが、こんな得体の知れない京男などご免である。

「行ってくれまへんの？」

「あたりまえでしょう」

「久野屋はんの見合いがわやになってしもたせいで、わて、塚田屋はんにこってり搾られましたんやけど」

「うっ！」

しょんぼりと肩を落としながらも、痛いところを突いてくる。お彩がよけいな助言をしたせいで久野屋の見合いが流れてしまい、仕立てられるはずだった着物の注文もなくなった。塚田屋は、久野屋に番頭を寄越していた呉服屋だ。

「せっかくの晴れ着やからと久野屋はんは金に糸目をつけけん気どしたし、損失はいかばかりやろか。わてもう胸が痛うて痛うて、きれぇな桜でも見んことには立ち直れまへんわ」

右近がそんな殊勝な男でないことは、よく知っている。だが塚田屋に損を出させてしまったのは事実だ。胸が痛むのはお彩のほうだった。

「分かりました、行けばいいんでしょう。さっと行って、さっと帰りますからね！」

こうなればもう、自棄《やけ》っぱちである。お彩の返答を聞いて、右近は切れ長の目をにっと細めた。

大川の豊かな水がたぷたぷと、舟っぺりを撫でてゆく。寡黙な船頭が櫂を漕ぐごとに、お彩と右近を乗せた屋根舟は川を遡ってゆく。

左手に見えるのは、首尾の松。立ち並ぶ御米倉の川岸から、枝をうんと張り出している。あの枝に摑まって、この場から逃げ出したい気持ちでいっぱいだ。

芝の日蔭町から先をゆく右近を追うようにして、たどり着いたのは柳橋。そこから「さぁ、早《はよ》う早う」と急かされて、屋根舟に乗せられた。いったいどこへ向かう気なのか、すでに見当はついている。

「いやぁ、ええ眺めどすなぁ。江戸はやっぱり水の町、洛中じゃこうはいきまへん。『イキ』どすなぁ」

京男に江戸の粋のなにが分かろうか。表面をなぞるだけのような褒め言葉に、お彩は苛立ちを隠しきれない。

「ほれお彩はん、なにを難しい顔してますの。墨田堤の桜も、えらい綺麗やありまへんか」

大川の堤に沿って植えられた桜は、雨にも負けずちょうど花の盛りを迎えていた。酒の香に酔ったような桜色が、川岸をほんのりと染め上げている。花見客の笑い声と食べ物を焼く屋台の匂いが風に乗って届き、川の水音に吸い込まれてゆく。

「私は、さっと行って帰ると言ったはずですが」

花見というから近くの愛宕山《あたごやま》にでも行くのかと思いきや、こんな所にまで連れてこられてしまった。

咲き誇る桜の切れ間に、三囲《みめぐり》神社の鳥居の笠木が見えてくる。それを目印として舟が左に折れたことで、向かう先の見当は外れていなかったのだと悟る。山谷堀へと続く今戸橋の下で、船頭が「どちらへ？」と尋ねてきた。

「大野屋はんへ」

栈橋が近づくと、船頭が唐突に「大野屋ぁ！」と声を張る。すると件《くだん》の船宿から、若い衆と女中がわらわらと飛び出してきた。

「ようこそ、いらっしゃいました！」

江戸に来てまだ間もないと言っていたのに、馴染みの船宿まであるとは。お彩は呆れて溜め息を落とす。

「吉原に行くなら、はじめからそう言ってくださいよ」

「そんなん言うたらお彩はん、ついて来てくれまへんやろ」

もちろんだ。「行かない」と断るためにも、先に言っておいてほしかった。

「もうここまで来てしもたんやから、諦めまひょ。帰りも舟で送りますよってに」

何度も水に潜《くぐ》らせた御納戸《おなんど》色の木綿を着たお彩を、船宿の女中が訝しげに見る。柳橋から舟を仕立てて山谷堀に至る道筋は、吉原通いの中でもとにかく金がかかる。お彩のような身なりの女が伴われてくることなど、まずないのだろう。

ならばいったい、この男は何者か。京紫の縮緬《ちりめん》に黒羽織を合わせた右近の背中を、お彩はじっと睨みつけた。

三

「ほらこれ、お彩はんの切手ですわ。なくしたらあきまへんえ」

船宿で青い香りのする煎茶を一杯飲んでから、日本堤をたらたらと歩いてきた。茶屋が建ち並ぶ衣紋坂《えもんざか》を下り、突き当たりが吉原大門。屋根はあれど黒塗り板葺きの冠木門で、意外に簡素な佇まいである。

「ものすごい人出ですね」

右近に手渡された切手を注意深く帯の中に仕舞い、お彩はきょろきょろと周りを見回した。男たちの遊び場ではあるが、三月の桜と七月の玉菊灯籠、そして八月の俄《にわか》には市井の女たちも大勢見物に訪れる。

ただし出入りが自由な男たちとは違い、女は切手がないと大門から外に出ることを許されない。右近が切手をなくすなと言ったのは、そういうことだ。

「吉原見物ははじめてどすか？」

「嫁入り前の娘が行くところじゃないって、お父つぁんが」

一度でいいから連れて行ってと頼んでも、辰五郎は首を縦には振らなかった。女が売り物になっている様を、若い娘に見せたくはなかったのだろう。早くに連れ合いを亡くしたのに浮いた話ひとつなく、その点では潔白な人だった。

「大事にされてはったんやな、お彩はんは」

右近が柄にもなく優しげに目を細める。変わり果てた辰五郎を知っているくせに、かつての慈愛を思い出させる眼差しを送ってくるものだから、胸の底にじわりと寂しさが滲んだ。辰五郎の力強い手は、もうお彩の頭を撫でてはくれない。

「後がつかえてんだ、早く行っとくれ！」

背後にいた太り肉《ふとりじし》の女に肩を押され、お彩はうつむきがちに大門を潜る。下駄、草履、雪駄と老若男女の足が入り乱れており、前の人の履き物を踏んでしまわないよう気を配る。

「どこを見てはりますねや、お彩はん。ほれ、顔を上げなはれ」

右近に促され、指差す先に顔を向ける。黒板塀で囲まれた吉原の、ど真ん中を貫く通りが仲ノ町。そこにずらりと、桜の木が植えられている。

「うわぁ！」

お彩はしばし寂しさを忘れ、感嘆の声を上げた。

吉原の桜は植木屋が三月一日に開花寸前のものを運び込み、植えつける。盛りを過ぎてすでに葉が出はじめているものの、風に巻き上げられて散る花びらが、色街をよりいっそう妖しく見せていた。下草には山吹が植えられて、清々しい青竹の垣根がぐるりを囲む。通りに並ぶ引手茶屋の華やかさと相俟って、もはや浮世とも思われぬ。ならばここは、極楽なのか。桜吹雪に見惚れるうちに、お彩は人の波に押され、どんどん奥へと流されてゆく。

「ちょっと、お彩はん!」

気づけば右近は、人々の頭の向こうにいる。戻ろうにも、戻れない。下手にもがくと着物の裾が割れて脚が出てしまう。

お彩は流れ流されて、江戸町二丁目の木戸門を潜った。両側に軒を連ねているのは、大小の妓楼である。まだ夜見世《よみせ》がはじまっていないため、張見世《はりみせ》に女たちの姿はないが、紅殻格子《べんがらごうし》のぬたりとした赤に胸が騒ぐ。まるで肺病病みの血を、塗りたくったような色である。

通りの中ほどまで来て、ようやく人の流れが落ち着いた。お彩は乱れた裾を直し、仲ノ町を振り返る。人混みでは押した押さないの喧嘩がはじまっており、元来た道を戻るのは難しそうだった。

ひとまずこのまま突き当たりまで進み、別の通りから戻るしかないか。それでも右近に出会えなければ、もう帰ってしまおう。ここまでつき合ったのだから、充分だろう。

帯の間に切手があるのをたしかめてから、お彩は足を速める。目に映るものすべてが綺麗なのに、ここはなんだか居心地が悪い。見物に来た女たちが、なぜ楽しそうに笑っていられるのか分からなかった。

向かう先に、真っ黒などぶが見えてくる。噂に聞くお歯黒どぶだ。ということは、羅生門河岸に出たのか。どぶからはつんと鼻を刺す臭いがして、華やかな表通りとは比ぶべくもない、粗末な河岸見世がひしめいていた。

この場所も等しく、吉原と呼ばれているのか。まるで町の真ん中から綺麗に掃き清めて、塵芥をすべて端に寄せてしまったかのようだ。吹き飛ばされてきた桜の花びらが、真っ黒などぶの水面で色褪せている。

「さぁさぁ兄さん、寄って行きねぇ」

前を歩いていた職人風の男が、強引な客引きに腕を取られ、みすぼらしい小見世に引きずり込まれてゆく。それでも妓楼の態をなしていればまだいいほうで、長屋風の局見《つぼねみ》世《せ》もそこここに散見できた。

「お兄さん、ちょいとちょいと」

局見世の開け放たれた戸口から、か細い女の声がする。ふと見れば狭く薄暗い部屋に女が座り、通りに向かって手招きをしている。その顔を見て、ぞっとした。右の目が瘡《かさ》蓋《ぶた》で塞がっており、あきらかに病持ちだった。

それでも羅生門河岸は、男たちで賑わっている。表通りの遊女にはとても手が出ない下々が、ここで欲を満たしてゆくのだ。

なぜそうまでして、買いたいのか。小見世から出て来た二人連れが自分についた女の品評をしながら通り過ぎてゆくのを見て、眩暈がした。

「ああ、よかった。見《め》っけましたえ」

ふらつく肩を支えられ、ハッと息を呑む。溝鼠色《どぶねずみ》の紗でも重ねたような羅生門河岸の風景に、鮮やかな京紫が広がった。

「大丈夫でっか。顔が真っ青ですえ」

切れ長の目に覗き込まれ、お彩は思わず面を伏せる。なるべくならば、この男に弱みは見せたくない。

「お団子でも食べて、休みまひょか。この通りは、おぼこにはちょっと刺激が強いわ」

それなのに右近ときたら、人の弱みをあぶり出すのが上手い。弱みを握るだけならまだしも、振り回してときに脅しをかけてくる。

だから嫌なのだ。むかっ腹が立って血の巡りがよくなったせいか、気づけば眩暈は治まっていた。二本の脚にも力が戻り、お彩は肩を支えていた右近の手を叩く。

「触らないでください」

「おやおや」

右近は叩かれた手をひらひらと振り、「大丈夫そうどすな」と笑った。

お彩の怒りで熱くなった耳に、どこからともなく三味線の音色が届く。調子を変えて二重三重に響くそれは、表通りの張見世の清掻《すががき》だ。このお囃子は、暮れ六つ（午後六時）から引け四つ（午前零時）まで、途切れることなく続くという。

「ああ、夜見世がはじまりましたな」

そう言って、右近が暮れた空を振り仰いだ。

ゆらり、ゆらり。仲ノ町に戻ると桜並木に立てられた雪洞《ぼんぼり》に灯が入っており、散りゆく花を妖艶に浮かび上がらせていた。

表通りの誰哉《たそや》行灯《あんどん》にも張見世の大行灯にも絶えず油が注がれて、吉原の夜は提灯いらず。夜桜が名物とは聞いていたが、灯火に照らされた桜はまた格別だ。紅殻格子の向こうに居並ぶ遊女たちの白粉を塗った顔のように、艶めかしく揺れている。

その桜の下を、外八文字を描いて静々と歩んでくる女がいる。

いいや、あれは本当に、お彩と同じ女なのだろうか。

横兵庫に結った頭には、鼈甲《べっこう》の簪が数えきれないほど。ふき綿が厚く入った仕掛《しかけ》（打掛）は黒の天鵞絨《びろうど》で、金糸銀糸の縫い取りが灯火を受けてとろりと光る。供は豪華な花簪を挿した二人の禿《かむろ》。振袖新造がそれに続き、若い衆が長柄傘を高々と掲げている。花魁道中《おいらんどうちゅう》があるからと、沿道は凄まじい人だかり。息苦しさも忘れて皆、目の前を通ってゆく女の美貌に見入っている。どこからか洩れた「天女のようだ」という呟きに、お彩は胸の内で頷き返す。

だとしたら、天女とはなんと寂しい生き物だろう。人の世に生まれ落ち、汚泥にまみれた地上に縛りつけられている。嘘のように整った白い顔からは、感情ひとつ読み取れない。

「あれが、丁子屋《ちょうじや》のお職の花里《はなさと》ですわ」

右近が耳元に囁いてくる。ぎゅうぎゅうと押してくる見物人から守るように、お彩の背後に立っている。お職とは、その妓楼で筆頭の遊女を指すらしい。

「よくご存じで」

「いえいえ、つき合いでちょっとお目にかかったことがあるだけどす」

馴染みの船宿まであるくせに、よくそんなことが言えたもの。しかし身動きを取るのが難しく、右近を睨みつけることもできない。

「あの花の顔を、よう見とくれやす。そのためにお連れしましたのやから」

「花見って、まさか」

桜ではなく、この花里を見せようという魂胆だったのか。美しい横顔が、すぐ目の前を横切ってゆく。馨《かぐわ》しい香のにおいが、鼻先をそっと掠めた。

「塚田屋はんがさる大店の旦那から、敵娼《あいかた》の仕掛を仕立ててほしいと頼まれはったそうですねや。せやからここは、名誉挽回といきまひょ」

その敵娼というのが、花里なのだろう。まさか今度は、花魁の仕掛か。

遠ざかってゆく花里の背で、金糸の鳳凰が羽を広げている。まるで今にも飛び立ちそうな、見事な縫い取りだ。あの仕掛のために、どれだけの職人が腕を振るったことだろう。江戸中の粋を集めて、凝り固めたような一枚だった。

「さすがはお職の花魁だ。着ているものからまるで違わぁ！」

贈るほうも贈られるほうも、仕掛の意匠ひとつで評判が決まる。そんな責任重大なものの見立てをしろと、右近は言うのだ。

「お断りします」

お彩は花里の後ろ姿から目を逸らし、きっぱりと返事をした。

四

翌朝の昼四つ（午前十時）過ぎ、お彩は仏頂面で日本堤を歩いていた。

堤の下に広がる吉原田圃では、農家の娘が田おこしの手伝いをしている。手拭いを頬っ被りにしていても、日に焼けた肌の瑞々《みずみず》しさが見て取れた。

あとひと月もすればここ一面に、早苗の薄萌黄色が広がることだろう。

「今日もええお天気でよかったどすなぁ。ほれ、見返り柳が見えてきましたえ」

先をゆく右近はお彩の機嫌になど、いっこうに頓着しない。衣紋坂の下り口に植えられている柳を指差し、にこにこと振り返る。

なぜいつも、この男の思い通りになってしまうのか。本音を言えば、花魁の衣装になど関わりたくはない。だがこの話を断れば、塚田屋の損失をお彩が被ることになるかもしれぬと脅されては、我を通すことはできなかった。

お彩は腹の底に溜まった鬱憤を、溜め息に変えて吐き出す。

「なにを暗い顔してますのん。花魁の仕掛の見立てなんて、めったにでけることやありまへんえ」

「だから嫌なんです。しくじったら塚田屋さんに、さらに損をさせてしまうかもしれないでしょう」

「そんなもん、お彩はんの見立てが悪かったら花魁が一蹴するだけどす。問題あらしまへん」

右近がなぜか、自信満々に胸を張る。それもそうか。お職を張るほどの花魁であれば、音曲や書画、茶、香、将棋などの師匠につき、その道の一流である者もいると聞く。市井に育ったお彩より、よっぽど目が肥えているはずだ。

「だったらなおさら、私が見立てをする必要はないでしょう」

「まぁまぁ。色町とも呉服とも縁の薄いお彩はんやからこその、斬新な思いつきがあるかもしれまへんやないの」

どうしてこの男は、それほどまでにお彩の見立てを買っているのだろう。素養がなければ、いい思いつきもない。地味な修業に明け暮れる職人の娘だからこそ、お彩はそのことをよく知っている。

「たとえばほれ、錦絵には花魁の姿絵もぎょうさんありますやろ」

「そりゃあ、ありますけども――」

花魁の姿絵を多く世に出したのは、かつては喜多川歌麿《きたがわうたまろ》、今なら渓斎英泉《けいさいえいせん》や歌川国貞《うたがわくにさだ》。だがお彩が集めていた古今の錦絵はすっかり火事で焼けてしまい、もはや頭の中に面影があるばかりだ。

「ああ、いはった、いはった。番頭はん、よろしゅうおたの申します」

見返り柳の下に、見知った男が佇んでいる。あの目立つ鷲鼻は、塚田屋の番頭だ。

「ああ、右近さん」

番頭は腰だけでなく膝まで曲げ、会釈をする右近よりも頭の位置を低くする。しかしお彩のことは、目の端でぎろりと睨むだけ。

以前久野屋で会ったときは訝しげな目をしていたが、もはやはっきりとした敵意が感じられる。その態度を見るかぎり、塚田屋がお彩の見立てを必要としているとは、とうてい考えられなかった。

丁子屋は、江戸町二丁目に建つ惣籬《そうまがき》。張見世は表通りに面しているが、妓楼の入り口はやや奥まっており、その間にある格子を籬という。全面が朱塗りの格子になっている惣籬が、大見世の証であった。

「ごめんください、塚田屋でございます」

番頭を先頭にして暖簾を潜ると、そこは広々とした土間だった。奥行きがあるのですべて見通せるわけではないが、襖や板戸といった仕切りがなく、台所や板の間、さらに奥の畳敷きの広間までが目に入る。広間では湯上がりと思しき遊女たちが、しどけない長襦袢《ながじゆばん》姿で朝餉を取っていた。

洩れ聞こえてくる話は間夫《まぶ》がどうとか、昨日の客は粘っこかったとか、あけすけに過ぎてお彩にはいたたまれない。なるべく聞かぬようにと、板の間の木目に目を落とす。

「ああ、どうも塚田屋さん。まぁ、右近さんまで」

広間で遊女の箸の持ちかたに文句をつけていた年増女が、すぐさま出迎えにやってきた。鳩羽鼠《はとばねずみ》の地味な着物を身に着けており、おそらくこの見世の遣り手だろう。小ぶりに形作られた鬢《びん》には、白いものが目立っている。

遣り手は右近に対して愛想がよく、「どうぞお二階へ」と手のひらで広間を示す。二階へと続く階段は、遊女たちでひしめく広間に設けられているのだ。

おかしな造りだと、お彩は眉をひそめる。広間に足を踏み入れると、朝餉の汁のにおいと遊女たちの肌に残る糠袋のにおい、それから得体の知れぬ、甘く饐《す》えたにおいが強くなった。息を止め、右近に続いて幅広の階段を上ってゆく。

「花魁、花魁。塚田屋さんがいらっしゃいましたよ」

奥まった部屋の前に立ち、遣り手が中に呼びかける。お彩には聞こえなかったがなにかしらの返事があったのか、皺立った手がすっと障子を開けた。

そのとたん、色の洪水が目に飛び込んでくる。手前に八畳間、その奥に広い座敷の二間続き。間を仕切る襖は開け放たれて、張り巡らされた屏風の端から、真綿の布団を三枚重ねた三つ布団が覗いている。

屏風の金箔、銀箔、布団の緋色、亀甲模様の金襴の帯が垂れ下がり、衣桁《いこう》に掛けられているのは紛れもなく、昨夜見た黒天鵞絨の鳳凰の仕掛だ。細々とした道具に塗られた漆の黒や朱と、螺鈿《らでん》の虹色に目が眩む。

部屋の主は蒔絵の施された鏡台の前に、しどけなく座っていた。緋縮緬の長襦袢を、そっと置いただけのような佇まい。首も手首も折れそうなほどに細く、盆の窪の上の骨が浮いている。守り袋でも下げているのかその下を、細い丸ぐけの紐が横切っていた。

「ようこそお越しくださいました」

そう言って居住まいを正すのは、昨夜雪洞の下で見たのと同じ女か。白粉《おしろい》の落とし残しが耳の下から筋を作っており、素肌は白を通り越して青い。あまり眠れていないのか目の下は黒ずんで、それなのに凄まじく美しかった。

天女の顔が作られた美しさならば、ここにあるのは荒んだ美だ。大行灯や提灯が消えた昼間の妓楼と、よく似ている。

「右近さんまで来てくだすったんですねぇ。そちらの方は？」

黒目がちの目を向けられて、お彩はうっと息を吞む。とっさになにも、答えられない。

「へぇ、このお人はわてがお連れしました。色に関しては、なかなかの目利きですねや」

うんと衿を抜いた美貌の女を前にしても、右近の調子は変わらない。どこか胡散《うさん》臭い笑顔で、久野屋のときと同じような紹介をする。塚田屋の番頭が、とたんに苦い顔をした。

「そう、お名前は？」

お職の花魁など、つんと取り澄ましたいけ好かない女だろうと思っていた。だが花里は、春の陽気と同じ眼差しを向けてくる。

「彩、と申します」

どうにか絞り出した声は、掠れていた。

「おや、それはたしかに」

花里は、思わせぶりに言葉を途切れさす。たしかに色に聡そうな名だ、ということだろうか。だるそうな微笑《ほほえ》みに、真意はこもっていないようだ。

「花魁、髪結いさんがお越しです！」

閉めたばかりの障子の向こうから、幼い女の子の声がする。花里は「あい」と小さく返事をした。

「お話は、支度をしながらでよござんすか？」

許可を求めているようでありながら、拒むことは許されない。こんなふうにして男たちを絡め取ってきたのだろうと思いつつ、お彩はこくりと頷いた。

五

七つか八つと思しき禿が伴ってきたのは、骨太の女髪結いであった。愛想はないが、無駄口を叩かず、郭《くるわ》の内で見聞きしたことを吹聴しそうにない頼もしさがある。

髪結いが懐から取り出した柘植《つげ》の櫛を使い、油をすり込んでゆくと、乱れていた花里の髪がみるみるうちに艶やかさを取り戻していった。元結を解いた髪は呆れるほど豊かで、黒々としている。

「よろしければこちらを、ご参考までに」

やけに荷物が少ないと思っていたら、塚田屋の番頭は反物を持って来ていなかった。代わりに、仕掛の雛形をすっと差し出す。仕掛の図案をまとめたもので、それが冊子になっている。既製の反物では間に合わぬほど、花魁の仕掛というのは豪華絢爛なものなのだ。

「そうですねぇ」

花里は雛形を手に取り、ぱらぱらとめくってゆく。斜め後ろから見ていると、波に千鳥や芍薬《しやくやく》といった、夏の意匠がちらりと覗いた。

香乃屋のお伊勢ならば一枚ごとに「素敵、素敵!」と大騒ぎするだろうに、花里は心動かされた様子もない。一定の速さで手を動かし、半ばほどでぴたりと止めた。

「好きな意匠をと言われても、もはやなにがいいのやら」

鬢の毛を梳《す》き上げられ、頭をやや後ろに引っ張られながら、こちらにちらりと目をくれる。

「お彩さんは、おいくつで?」

まさか歳を聞かれるとは思わなかった。お彩はなんとなくかしこまる。

「二十四になりました」

「やっぱり、あまり違いませんでしたねぇ」

花里は、二十三だという。十九で花魁と呼ばれる立場となり、何枚もの仕掛を作ってきた。気に入った仕上がりになったところで、花魁ともあろう者がいつまでも同じ衣装を身に纏うわけにもいかず、手放さざるを得ない。その繰り返しで、なんだか虚しくなってしまったと、か細い声で静かに語った。

「それでしたら、私の案を聞いていただけますか」

塚田屋の番頭が、気負い込んで膝を進める。なにがなんでも話をまとめてみせようと、あらかじめ案を練ってあったのだろう。

「こちらの、波に帆前船と松はいかがでしょう。松には金糸銀糸の縫い取りをし、異国情緒のある帆前船は赤の縫い取り。岸辺の岩を鹿の子絞りで表し、地紋は――」

「夏の仕掛ですからねぇ。ごてごてと、暑苦しいのはご勘弁」

花里が、左手をすっと上げた。なにも言いつけられずとも、禿が煙管《きせる》に煙草を詰め、そこへ載せる。番頭の案を退けたことなどすでに忘れたかのように、花里はゆったりと煙をくゆらせた。

「お彩さんは、なにか？」

女髪結いの手は早い。鬢の毛が整い、前髪も形作られた花里が、綺麗な生え際を見せて尋ねる。

「そうですねぇ」

お彩は先ほどから、頭の中にある花魁の姿絵を繰っていた。しかし細かな着物の柄までは、はっきりとは思い出せない。花里の昼と夜の佇まいに差がありすぎて、似合う色すら決めかねていた。

「よござんす」

はかばかしい案は出ないと踏んだのだろう、花里の黒目がついと前を向き、雛形が閉じられる。

「この中から、涼しげな意匠を見繕ってくださいな」

「いや、しかし」

「菱屋《ひしや》の旦那からの贈り物ですから、地紋は菱で。それ以外はなんとでも」

菱屋は大伝馬町の太物屋で、買った品を菱文の入った風呂敷で包んでくれると評判である。旦那への配慮さえあれば充分と言われ、塚田屋の番頭が押し黙った。

「かしこまりました。ほならそれで、進めさせてもらいまひょ」

番頭の代わりになぜか右近が出しゃばって、畳に手をつく。

お彩はやっぱり、無駄足だった。自分でもなにができるとは思っていなかったが、話を聞いてくれようとした花里に対し、申し訳ない気持ちになる。虚しいと言いつつも花里は、仕上がりを待つだけでも心が浮き立ってしまう、そんな意匠を求めていたのではないだろうか。

「あ、ちょっとお待ちを」

髷を形作ろうとしていた髪結いを、花里が手を上げて止める。そして首に下げていた紐から、慎重に頭を抜いた。

花魁の横兵庫は髷を蝶の羽のように横に張り出させるので、髷を結ってからでは外せないのだろう。花里の手には、粗末な藍染めの袋が握られている。

「それは？」

思わず問いかけてしまった。まるで辰五郎の夜着のように、継ぎ接ぎだらけの袋なのだ。お職が首に下げるには、あまりに不釣り合いな代物だった。

「あら、お恥ずかしい」

花里が、口をすぼめてふっと笑う。はじめて人間らしい微笑みを見たと思った。

「あたしが売られるときに、母親が持たせてくれたんですよ。余分な布もなかったくせに、野良着の裾を切って作ってくれたもので」

だからみすぼらしくても捨てられず、客がいないときには首から下げているのか。あたりまえのことだが、遊女にも親はいるのだ。

「そうですか」

よけいなことを聞いてしまったのかもしれないと、お彩は静かに目を伏せる。

花里がどこの出だかは知らないが、北国の寒村では飢饉《ききん》のたびに娘が売られてゆくという。不作で食べるものもなく、一家が生き残るため、花里は買われてきたのだろう。

布が強くなり、虫除けともなる藍染めは、野良着にもよく使われた。裾を切っては不格好だろうに、母親は娘がせめて息災であるようにと、この守り袋を作ったのだ。遊女たちも、決して親から大事にされていなかったわけではない。飢饉さえなければ親元ですくすくと育ち、やがて誰かの元へと嫁いでいったのだ。

花里は髷を結われながらも、守り袋を大事そうに握っている。もう二度と戻れぬ幼い日々を、そっと握り込むように。

ふいに辰五郎が壮健だったころの、仕事場の風景が頭に浮かんだ。五人の弟子たちと、小言を口にしつつもどこか楽しげな辰五郎。これはお彩の戻れぬ日々だ。平太が生意気にも、「納得がいかないんですよねぇ」と首を捻る。

隣にいた卯吉が摺っていたのは、藍一色の錦絵だった。

お彩はハッと目を見開く。

「そうだ、藍摺《あいずり》!」

気づけば腰を浮かし、そう叫んでいた。

錦絵に於いて、青は長らく憧れの色だった。

瑠璃を砕いて作る群青《ぐんじょう》は高値に過ぎ、露草や藍などの植物から取った顔料は色が褪せる。それが近年、葛飾北斎《かつしかほくさい》や歌川広重《ひろしげ》らがふんだんに青を使った絵を出しているのは、西洋から入ってきた安価で使いやすいベロ藍のおかげだ。

ベロ藍を使った錦絵をはじめて目にしたときの、辰五郎の嬉々とした顔を覚えている。

「お彩、こりゃあ時代が変わるぞ！」と、昼餉を取るのも忘れて絵に見入っていたものだ。

ベルリン藍、訛ってベロ藍。それを錦絵にはじめに使ったのは、北斎でも広重でもない。渓斎英泉である。

その後英泉は、濃淡の藍一色のみを用いた藍摺を生み出した。それは風景画に留まらず、花魁の姿絵にも及んだ。

平太が「納得がいかない」と言っていたのが、まさにその姿絵だ。

だがお彩はあの絵が好きだった。藍の濃淡のみで着物の細かな柄までを描き出し、色鮮やかな錦絵よりむしろ、艶やかに映った。

「ふむ、つまり藍の濃淡のみの仕掛でっか」

すっかり舞い上がってしまったお彩の講釈をひとわたり聞き、右近が言わんとするところをまとめる。

「そうです！」と、お彩は深く頷いた。

「藍ならば、麻も木綿も絹もよく染まります。それに、着る人の肌の色を選ばないんですよ。道中の雪洞の下でも、日の光の下でも、花魁の肌を美しく見せてくれることでしょう」

急に身を乗り出したお彩に気圧《けお》されたか、花里は黙って話を聞いている。その間も髪結いは、決して手を止めることがない。

「ですが藍摺の濃淡を、染め物で出すことはできるでしょうか」

「そこはほれ、塚田屋はん」

「藍染のほうが藍摺なんぞより、ずっと古いんです。藍白から濃紺まで、二十二色を出せますよ！」

番頭が、負けじとばかりに胸を張る。藍白は、花里の素肌のようなほんのりと青い白である。二十二色も出せるならば、充分だ。

「気の遠くなる話やけど、ろうけつ染めで少しずつ染め分けていけばでけますやろ」

ろうけつ染めは、模様部分に蠟を置いて染め分ける染色法だ。色数が多くなればなるほど、職人の手間がかかる。だが今をときめく花魁の仕掛だ。うんと手間をかければいい。

「花魁、こういう案が出ておりますが、どないどすか」

右近が黙ったままでいる花里に水を向ける。前髪に鼈甲の櫛を二枚挿された花里は、手に握っていた守り袋をそっと鼻先に近づけた。

まるですっかり褪せてしまった、藍のにおいでも嗅ぐように。野良着を身に着けた母の背中は、そのにおいがしたかもしれない。

「藍だけで染めた仕掛――」

そう呟くと口の端を持ち上げ、はじめて楽しげに笑った。

「よござんすね」

それはどこか投げやりだった先ほどの、「よござんす」とは大違いだった。花里の、心が動いている。

「柄行きはどないしまひょ。夏なら菖蒲や波、勝虫《かちむし》なんかも――」

「いいえ、竹で」

曖昧さを残さずに、花里ははっきりと言い切った。力強い青竹を、大胆に染め上げてほしいという。

「ほな、雲に竹でどないでしょ」

「よござんすね」

雲を突き抜けるほどの、勢いのある竹だ。花里の人気の興盛を表しているかのような、いい意匠である。

「しかし、藍一色ではやはり地味でしょう。ぜひ雲に金糸の縫い取りを――」

「番頭さん、それは粋ではござんせんねぇ」

呉服屋の番頭としては、もうひと声と欲張ってしまったのだろう。花里にぴしゃりと撥ねつけられて、しゅんと肩を落とす。

「藍の濃淡のみの、雲に竹。それで地紋は菱どすな。図案がでけたら、色もつけてお持ちしまひょ」

またもや塚田屋を差し置いて、右近が出しゃばる。花里のほうでも番頭を相手にせず、

「お頼みします」と目礼をした。

鼈甲の長い笄《こうがい》と、同じく鼈甲の簪が前後合わせて十六本。いかにも華やかな横兵庫が結い上がる。花里の細い首で、よくぞその重みに耐えられるものだ。

番頭が持参した雛形を風呂敷に包み、退出の礼を述べる。右近とお彩もそれに従い、畳に手をついた。

「久方ぶりに、楽しゅうござんした。右近さん、面白い方を見つけましたねぇ」

光の加減か、花里の顔色はいくぶんよくなっている。悪戯《いたずら》めいた目でお彩を見ると、

「ちょいと」と踊るように手招いた。

六

帰りもまた右近が舟を頼み、柳橋まで送ってくれた。

「どこかでお昼でも食べて行きまへんか」という誘いを丁重に断り、お彩は急ぎ足で帰

路につく。

昨夜は帰りが宵五つ半（午後九時）を過ぎてしまったし、今日も朝から出かけている。内職の繕い物が溜まっており、一人にしている辰五郎のことも心配だった。

しかし、その足取りは軽い。花魁の仕掛の見立てが、思いのほか楽しかったせいだ。なにより花里の意に適ったことが嬉しかった。藍染の仕掛は、さぞ美しい仕上がりになることだろう。

「お竹さん、か」

帰り際に花里が耳打ちしてくれた、本当の名を小さく呟く。

なぜそんなことを、教える気になったのかは分からない。仕掛の意匠に込められた思いを、お彩に知っていてほしくなったか。

雲を突き抜けるほどの、勢いのある竹。天上にまで届く竹。

それはもしかすると、元いた場所に帰ってみせるという、天女の決意かもしれなかった。

「あの天鵞絨の仕掛も、塚田屋はんが用立てたそうで」

帰りの舟で右近は、聞かれてもいないのにそう言った。

「知ってます？　鳳凰ゆうのは、竹の実を食べる霊獣どすえ」

竹の実を食べて、高く舞い上がる鳳凰。まるで「竹」であった自分を押し殺さねば、羽ばたけないとでも思っているみたいだ。美しい意匠だったが、そこにはどこか諦めのにおいがする。

実の名を奪われた女たちのほとんどが、名を取り戻せぬまま命を散らしてゆくのが苦界であろう。昨夜の羅生門河岸で見た唐瘡《とうがさ》病みの女だって、かつてはもっとましな見世にいたはずだ。生きて外に出られるのは、よほどの強運の持ち主だという。

「右近さんは、花里さんの実の名を知っていたんですか」

雲と竹の組み合わせは、意匠としてはありふれている。だが実の名を知っていて「雲」と言ったのなら、花里の決意を後押ししているようでもある。

「はて、なんのことどすやろ」

しかし右近は食えぬ笑顔を見せるばかり。大川を流されてゆきながら、満開の墨田堤に目を遣った。

「綺麗どすなぁ。市井の桜はのびのびとして、ええもんや」

仲ノ町の桜は、三月が終われば根こそぎ抜かれ、また別の花が植えられるのだという。何年も何十年も同じ場所に根を下ろし、日の光を浴びて大きく枝を広げた桜を見ていたら、鼻の奥がつんと痛んだ。仲ノ町の桜は、妓楼の二階から見てちょうどいいように、高さまで揃えられている。

けれどもきっと藍染の仕掛を着た花里は、市井の桜のように美しく力強いだろう。

あの綺麗な人が、いつか自由の身になれますように。お彩はそう願いつつ、三囲神社の鳥居に向かってそっと手を合わせた。

柳橋から日蔭町までの道のりは、女の足でも一刻（二時間）とかからない。昼飯時はとうに過ぎており、京橋を過ぎたところで腹の虫が切なく鳴いた。

周りの人に聞かれなかっただろうか。帯の上からさりげなく腹を押さえ、お彩はさらに足を速める。

家で待っている辰五郎に、早く飯を食べさせねば。寝てばかりいるせいかすっかり食が細ってしまい、お彩が留守だと食べようともしない。好物の浅蜊の佃煮を買ったから、それで茶漬けにでもしてやろう。

「あ、お帰り彩さん」

日蔭町に着くと、香乃屋の前で常連の娘と話し込んでいたお伊勢がさっそく手を振ってきた。その声を聞きつけて、おかみさんまでがひょっこりと顔を出す。

「二日続けて右近さんとお出かけかい。妬《や》けるねぇ」

もはやなにも言うまいと、お彩は心を殺す。そんなものじゃないと言ったところで、「照れてる」とからかわれるのがおちである。

「お父つぁんは？」

「大丈夫、外に出てったりしてないよ」

なら安心だ。香乃屋の母娘に礼を言い、お彩は裏木戸を通ってゆく。

五軒続きの棟割り長屋の前では、子供たちが竹馬に興じていた。さっきまで、白粉臭い妓楼にいたのが嘘のようだ。皆裕福とは言いがたいが、わあわあと叫び笑う子らの顔に憂いはない。それを見て、お彩はふっと息を吐きだした。

「お父つぁん、ただいま」

目の見えない辰五郎にも分かるように、声を出して板戸を引く。室内は薄暗く、目が慣れない。猫の額ほどの土間に足を踏み入れ、爪先に当たった感触に驚いた。

「お父つぁん？」

しだいにものがぼんやりと見えてきて、お彩は息を呑んだ。辰五郎が土間に座り込んでいる。そしてその周りに点々と、赤いしみが落ちていた。

「ああ、彩か」

「動かないで！」

娘の帰宅に気づき身じろぎをする辰五郎に、お彩は鋭く叫んだ。

土間の一部が濡れており、割れた瀬戸物の欠片《かけら》が散らばっている。吊り棚に置いておいたはずの、酒の徳利だ。お彩がいないうちにと家捜しをして、見つけたはいいが取り落としてしまったのだろう。

「そのまま、ゆっくり立ち上がって」

辰五郎の脇の下に手を差し入れ、上がり口に座らせる。右の手のひらが、ざっくりと切れていた。

「これは痛いでしょう。手を出していて」

水瓶の水を柄杓に汲み、傷口を洗い流す。顔を近づけて破片が残っていないのを確かめてから、懐から出した手拭いできつく縛った。

酒は夕方に一合だけと決めたはず。それなのにどうして、こんなにも飲みたがるのか。辰五郎の体を心配している自分が馬鹿のようで、ひたひたと胸に遣り切れなさが迫ってくる。

控えめに溜め息をつき、お彩は曲げていた腰を伸ばした。

「待ってて。お医者に行って軟膏でももらってくる」

「いや、いい」

辰五郎が、むっつりとした顔で首を振る。

「だけど――」

「こんなもんは、唾つけときゃあ治る」

お彩は血の滲んだ手拭いに目を落とす。出血の具合からして、そこまで深くはなさそうだ。馬楝を握っていたころなら、利き手に傷など作らなかったはずなのに。

「そう。ならいいけど」

壁に掛けてあった箒《ほうき》を手に取り、徳利の破片を掃き集める。体がやけに、重い気がする。

「──すまねぇな」

喉に絡んだような呟きに、お彩は驚き、顔を上げた。

「おめぇには苦労ばかりかけて、本当にすまねぇ」

酒が絡むと辰五郎は、怒りだすか暴れるか。こんな殊勝なことを言いだしたのは、はじめてだ。

「これ以上重荷にならねぇようにと、浴びるほど酒を飲んでもなかなか死なねぇ。かといって首を括るほどの気概もねぇ。頼むから俺のことはもう、見捨ててどこかへ行っちまってくれ」

「なにを言うのよ、お父つぁん！」

怪我をした手を強く握りしめるものだから、手拭いのしみが広がっている。お彩は箒を放り出し、辰五郎の前に膝をついた。

「馬鹿なこと言わないで。私はどこにもいかないわ」

「だけどおめぇ、男ができたんだろ」

「男？」

はじめはなんの冗談かと思った。だが下から見上げる辰五郎の顔は、真剣そのものだ。

「昨日も今日も、会いにきてたじゃねぇか。上方訛りの」

「あれは、そんなじゃありません！」

あまりのことに、思わず大きな声が出た。辰五郎が驚いて仰《の》け反《ぞ》るほどだ。

ごろつきどもに騙されて居酒屋で酒をたかられたときに、辰五郎は右近と一度会っている。だが足取りも覚束ないほどに酔っていたから、覚えていないのだ。

お彩の剣幕に辰五郎はしばし呆然としていたが、思い直したように首を振る。

「どっちにしろ、俺がいるかぎりおめぇは嫁にも行けねぇ。もう年ごろも過ぎちまったってぇのに」

「それは、よけいなお世話よ」

知らなかった。仕事場が火事で焼けてからの二年半、辰五郎はお彩に対し、ずっと負い目を感じていたのだ。自棄《やけ》になって飲んでいるのだと思っていた酒も、まさか体を壊して死ぬためだったとは。

辰五郎はいつだって、お彩には甘かった。卯吉を許嫁と定めたのも、腕がたしかだったことはもちろん、お彩の淡い恋心に気づいてのこと。光を失ってから変わってしまったと嘆いていたが、娘を思う気持ちに嘘はなかった。

お彩は痩せてしまった辰五郎の膝を、強く握る。

「お願いだからお酒はほどほどにして、ご飯をしっかり食べて、長生きして。私をひとりぼっちにしないで」

胸が苦しくて、涙が込み上げてくる。どうして分かってくれないのかと、ときに忌々しくもあったが、お彩だって辰五郎の気持ちなど、少しも分かってはいなかった。

辰五郎の左手が、おそるおそる持ち上がる。お彩に触れようとして、距離を掴みかねている。

お彩は自ら手を伸ばし、父の手のひらにそっと頰を寄せる。骨張ってかさついてはいたが、その温かさは昔のままだった。

黒《こく》闇《あん》闇《あん》の内

—

額にじわりと、汗が滲む。

　上がり口の狭い数寄屋《すきや》は風が通らない。円く切られた窓も小さくて、まだ朝のうちというのに、室内は黄昏時《たそがれどき》の趣である。

　一段奥まったところにある床の間はさらに暗く、古びた掛け軸の文字すら読めない。なんて鬱陶《うっとう》しい部屋だろう。そう思うお彩《あや》の横で、右近《うこん》が愛想笑いを浮かべている。

「いやぁ、ほんにええ茶室ですなぁ。棚物のない四畳半の小間が、妙に落ち着きますわ」

　数寄屋の主は、本町三丁目に店を構える紅屋である。屋号は京屋。京紅を扱う、いわゆる江戸店持ち京商人というやつだ。

「そうでしょう。この狭さがね、日常をふと忘れさせてくれるんですよ。人というのは本来、起きて半畳、寝て一畳。これでもまだ広いくらいかもしれません」

　京屋の今の主は、生まれも育ちも江戸だという。面《つら》の皮の厚そうな五十がらみの男で、右近のあからさまなお追従《ついしょう》に対し、さらに自慢を上乗せする。なかなか根心を見せない京男の気質は、すでにない。

「古式ゆかしい言いますか、なんや懐かし気ぃがしますなぁ」

こちらは京男の右近、胸に本音を呑んでいる。なんの工夫もない、ありきたりな茶室だと言いたいらしい。京屋の主は、褒められたと勘違いして喜んでいる。

暦は五月に入ったばかり。梅雨入り目前の、暑い日である。茶を点《た》てるわけではないから今は炭に火を入れていないが、茶会ではどれほどの暑さになることか。そんな中じっと座って熱い茶を飲むのだから、茶人の考えることはよく分からない。

分からないのに、お彩の膝元には茶碗が三客並んでいる。それぞれに、趣の違う抹茶碗だ。次の茶会に使う茶碗を、お彩に選んでほしいという。

三月に花里花魁《はなさとおいらん》の仕掛《しかけ》の見立てをして以来、顔を見せなかった右近が久し振りに会いにきたと思ったらこれだ。いつものように断る隙も与えられず、日本橋まで連れてこられてしまった。

「来月、京から来るお得意様をお迎えしますので」と、京屋は言う。

ならばこんな狭苦しくて暑い部屋で膝をつき合わせず、川涼みにでも連れて行ってやればいいのに。来月なら、川開きは済んでいる。納涼船を出してやれば、京の人は喜ぶのではないだろうか。

そんなふうに茶の湯のよさが分からぬお彩だから、茶碗の見立てなどできるはずがない。なのに京屋はお彩の評判を聞きつけて、以前からつき合いのあった右近に繋ぎを求めてきたのだった。

「なんでも春永堂《しゅんえいどう》さんの上生、『菊重《きくがさね》』の生みの親というじゃありませんか。春永堂さんはあの菓子でずいぶん評判を上げましたからね。ここはひとつ、頼みますよ」

そう言われても、お彩はただ菓子の色合いについて案を出しただけ。試作を重ねてそれを美味しく仕上げたのは春永堂だ。その菓子がやんごとなき茶会の主菓子《おもがし》に選ばれたことで、話が大きくなっている。

「でも私は本当に、茶の湯を知らないのです。大事な茶会ならなおのこと、別の方にお頼みになったほうが」

「いやいや、なにを仰います。色の見立てにはかなりの才がおありと伺っております。花里花魁の仕掛も、実に見事なものであったと」

無理だと断っても、京屋はしつこく食い下がる。花魁の仕掛のことまで知っているとなると――。

お彩は右近を横目に睨《にら》む。この男が調子よく触れ回ったに違いない。睨まれていると気づいているのに、右近は平然と愛想笑いを浮かべ続ける。

「茶の湯をご存知でないからこそ、これまでの価値に左右されず、真に価値のあるものを選べるのではないでしょうか。まずはどうぞ一つずつ、お手に取ってみてください」

京屋に「さぁさぁ」と促され、お彩は仕方なく左端の茶碗を手に取った。黒くてゴツゴツとした、薄汚い茶碗だ。子供が土を捏《こ》ねて作ったかのように、形がいびつで厚くて重い。これはあまり、好きではない。

次に手に取った茶碗は、色絵である。鳥ノ子色の地の側面に、紫苑《しおん》色の紫陽花《あじさい》が描かれており、美しい。形は均等に整い、表面もつるりとしている。

最後の茶碗は、なかなか面白い。信楽焼《しがらきやき》だろうか。表面がざらりとした、それだけでは武骨な焦茶の茶碗に、紅いひと筆書きの花が散っている。人を食ったような稚気溢れる絵付けには、妙に心惹かれるものがあった。迷いのない紅が、心地よい。

「いかがでしょう、お彩さん」

京屋がずずいと膝を進めてくる。その拍子に蓄えられた顎の肉が、たぷりと揺れた。

茶碗の価値など分からないが、お彩が感じたままでいいと言うのなら、答えは出ている。

「私はこの、紅い花のものがいいと思います」

己に正直に、いいと感じたものを選んだ。そのとたんに京屋が、笑いを堪《こら》えるような滑稽な顔をした。

「はぁ、これですか。やっぱり、若い娘さんの言うことは違いますな。なかなか斬新な目をお持ちのようで」

気のせいではなく、はっきりと馬鹿にされている。「若い娘さん」の一語に、「物を知らぬ浅はかな小娘」という意味が存分に込められている。

男のわりに白く滑《なめ》らかな手が、横から伸びてきた。右近がいびつな黒い茶碗を手のひらに載せ、矯《た》めつ眇《すが》めつしている。

「もしやこれは、初代長次郎《ちょうじろう》の黒楽《くろらく》どすか？」

右近の見立てに、京屋が「まさに！」と膝を叩いた。

「いやぁ、さすがは右近さん。いい目をしておられる」

どうやら右近はこの男から、一目置かれているらしい。京屋は顔を輝かせ、この茶碗を手に入れた経緯を語りだした。

後から知ったことだが、長次郎というのは千利休に重用された陶工で、楽焼《らくやき》の祖であるらしい。楽焼はろくろを使わず手捏ねで作られ、上薬を黒く変色させる黒楽と、赤土を素焼きし透明の上薬をかけた赤楽がある。利休は特に、黒楽を好んだという。

つまりこれは、二百五十年ほど前に作られた茶碗なのだ。時代がついて出た味を、お彩は「薄汚い」と感じてしまったのである。

「さては京屋はん、わてらを呼ばはったんは、これを見せたかったからどすか？」

「おや、見破られてしまいました」

京屋は、おどけたように頭を掻く。ついに手に入れた名品を、目利きの右近に自慢したかったのだろう。ついでに近ごろ右近が「色に聡《さと》い」と持ち上げている小娘を、辱《はずかし》めてやろうと思ったわけだ。

「ちなみに紫陽花の茶碗は瀬戸物町で安く売られていたもので、紅い花は五つの孫娘の落書きですよ」

それ見たことかと、京屋が勝ち誇ったように流し目をくれる。

お彩はぐっと、膝の上で拳を握りしめた。


光が当たることがないせいで、隅っこに影が汚れのように染みついた茶室を出て、お彩はうんと胸を張る。

降り注ぐ日差し、青い空。庭の木々や苔の緑の濃淡が目に優しく、配された庭石は水を打たれて青鈍《あおにび》色に濡れている。見送りもなく本町三丁目の通りに出れば、行き交う人の着物も粋だ。

どれもこれも、娑婆《しゃば》の色。お彩は胸いっぱいに息を吸い込んだ。

「ほんに、すんまへんどしたなぁ。イケズなお人で、困ったもんや」

右近が謝りながら、後ろからついてくる。あんな子供騙しに振り回されたのが悔しくて、お彩は歩みを速くした。

「だから、茶の湯なんて分からないと言ったじゃないですか」

お彩にとっては、日常が四畳半の棟割り長屋だ。その狭さがいいなんて、離れに数寄屋を建てられるほどの大店《おおだな》の主なればこそ。金持ちの道楽である。わざわざ入り口や窓を小さくしなくても、お彩が父と暮らす日蔭町の裏店《うらだな》には、日も差さない。

　こんな恥をかかされるのなら、もう二度と右近の求めに応じるものか。そもそも色の見立てなど、自ら進んでやりたいものではなかった。それなのに、いい気になるなよと釘を刺される。理不尽なことこの上ない。

「すんまへん。せやけどあの紅い花は、わてもええなと思いましたえ」

　本当だろうか。調子のいいことを言って、煙《けむ》に巻こうとしているのではないか。

「子供の絵には、妙なおかしみと力強さがありますよって。たとえば古田織部《ふるたおりべ》が目指したのも、そういうもんやったんと違いますやろか」

　織部焼は一度衰退したものの、近年はそれを模した焼物が作られはじめているという。古田織部は千利休の弟子の大名茶人だ。織部焼にはその好みが反映されており、子供が一筆書きをしたような、ひょうげた絵付けが特徴である。

　往年の茶人に通じるものがあると言われ、お彩はいくぶん気を取り直した。茶器としての価値はなくとも、あの茶碗は面白かった。それはたしかだ。

「たぶん高名な茶人が銘《めい》でもつけたら、あれにもええ値がつきますえ」

「そういうものなんですか」

「偉い人に物の価値を決めてもらわんと、ええか悪いか分からん人がようけおりますねや」

お彩には、よく分からない。人が「いい」と言ったものに追随するなら、自分の「好き」はどこに行ってしまうのか。たとえ京屋に馬鹿にされると前もって分かっていても、お彩は黒楽より紅い花の茶碗を選ぶだろう。

「せやけど京屋はん、茶の一杯も出してくれまへんでしたなぁ。吝《しわ》いわぁ。ちょっとそこらで、お団子でも食べて行きまへん？」

「行きません。どうしてついてくるんですか。もう用は済んだでしょう」

「いえね、もっぺんお伊勢《いせ》はんの顔でも見に行こかと思いまして」

「やめてください、迷惑です」

「なんでお彩はんがそれを言いますねや」

今朝も表店の香乃屋《かのや》のお伊勢が、「右近さんが来てるよ」と呼びにきた。齢十八の、年頃の娘だ。いい婿がねを探しているところなのだから、変な虫を近づけたくはない。

「お伊勢ちゃんにちょっかいを出したら、その調子のいい舌を引き抜きますから」

「ああ、恐《おと》ろし。言われいでも、あんな若い子に手ぇ出しまへんて。わて、年増好きですねや」

歳を聞けば、右近は二十九だという。もっと下にも、上にも取れる顔立ちだ。肌はつるりと滑らかだが、狐に似た目元が老獪《ろうかい》に見えるせいだろう。

「香乃屋なら、どっちかゆうと、おかみさんのほうがえぇですなぁ」

右近がわざとらしく鼻の下を伸ばしている。お彩はもはやまともに取り合わず、ずんずんと帰路をゆく。

そろそろ昼近い。帰って辰五郎《たつごろう》に昼飯を食べさせてやらなければ。お彩が「長生きして」と涙ながらに訴えてから辰五郎は、買い置きの酒を漁《あさ》ることがなくなった。それでもどうしたって遣りきれず、「飲ませておくれ」と泣きついてくる夜もある。そういうときは、黙って飲ませてやっている。

なにか一つでも、生き甲斐に繋がることがあればいいのに。光を失うまでは摺師《すりし》の仕事一筋だっただけに、他に喜びを見いだすのは難しい。

「あっ！」

南伝馬町の絵草紙屋《えぞうしや》の前を通りかかり、お彩はぴたりと足を止めた。懲《こ》りずに後ろを歩いていた右近が、「わ、びっくりした」とぶつかりそうになる。それにも構わずお彩は、絵草紙屋の店先に飾られた一枚の絵に釘づけになっていた。

古井戸から、蛇のように長い首を覗かせている女の錦絵である。破れた井戸枠に絡まる蔦、顔色の悪い女が吐き出す人魂《ひとだま》のような吐息、背景の藍の濃淡。いわゆる化け物絵と呼ばれるものだが、画面に一切の無駄がない。

「なんどす、これは。ろくろ首？　うわぁ、恐ろし絵やなぁ」

右近が首をすくめ、ぶるぶると震えるふりをする。絵草紙屋、初音堂《はつねどう》の主人がお彩に気づき、奥から出てきた。

「おじさん、これって百物語？」

勢い込んで尋ねたお彩に、初音堂が「ああ」と頷く。

「さすがお彩さん。百物語の『さらやしき』だよ」

「ろくろ首ではなく、番町皿屋敷？　ああ、だから首がお皿になっているのね」

皿を誤って割ってしまい、主人に責められ古井戸へ身投げをした女中のお菊《きく》。その皿が蛇の鱗のように連なり、長い首になっている。実に面白い趣向である。

「ああ、お彩はん。そない目ぇ輝かさはって。恐ろしないんどすか？」

なにを恐ろしいことがあるものか。番町皿屋敷は歌舞伎や浄瑠璃、講談などで語られる有名な怪談だが、こんなお菊幽霊をお彩は知らない。

「さすが、北斎翁《ほくさい》」と、感嘆のため息を洩らす。

この百物語の揃物《そろいもの》、落款は「前北斎」となっている。つまり、葛飾《かつしか》北斎である。

「北斎って、あの赤富士の？　ずいぶん趣が違うもんどすなぁ」

「赤富士ではなく、『凱風快晴』ですってば！」

噛みつくようにして右近の誤りを正し、お彩は帯の内側をまさぐる。

「おじさん、これ、買います」

「へい、毎度あり」

「ええっ、買わはるんどすか」

百物語では他に、『こはだ小平二』を持っている。蚊帳《かや》から覗く腐乱した小平二の頭蓋が、恨めしげにも気恥ずかしげにも見える一枚だ。右近に「気色悪ぅ」と眉をひそめられても、こんな面白い絵を買わぬ手はない。

「これって『百物語』ですから、百枚の揃物になるんでしょうか」

買ったばかりの絵を広げ、お彩はうっとりと眺める。初音堂が「さぁ、どうだろうねぇ」と首を傾げた。

「売れ行きがいまひとつだから、続かないんじゃないかねぇ」

「売れていないんですか。どうして！」

「気味の悪い絵ではあるんだけど、化け物がほら、妙に愛嬌があるだろう。本当におどろおどろしいのを求める客には、評判が悪くてね」

「そこがいいんじゃないですか！」

お菊も小平二もこの世に怨《うら》みを残して死んだ霊だが、人の心は決して怨みだけではできていない。少しおどけたような小平二の表情や、異形となったお菊にこそ、人のおかしみと悲しみが見え隠れする。こんな化け物絵を、お彩は他に見たことがない。

「お彩はんはほんに、好きなものには真っ直ぐどすなぁ」

たとえ世間がそっぽを向いても、お彩は自分の好きなものを好きと言う。その頑なさを愛でるように、右近が面を和らげた。

二

「お帰り、彩さん。あれっ、右近さんも一緒に戻ってきちゃったの？」

お彩たちが帰ってきたのを察し、お伊勢が香乃屋の店先に顔を覗かせる。伽羅《きゃら》の油で手入れをした艶やかな髪に、びらびら簪《かんざし》がさらりと揺れる。屈託のない笑顔がお彩にはいつも少し眩しくて、目を細めて見てしまう。

「ええ。お土産に練り羊羹を買うてきましたよって、お八つにどうぞ」

「わぁ、ありがとう」

途中の菓子屋で右近が足を止めたからそのまま置いて行こうとしたのに、すぐに追いつかれてしまった。羊羹と聞いて、香乃屋のおかみさんまでが土間に下りてくる。

「おや、お彩ちゃん。また錦絵を買ってきたのかい？」

「あ、本当だ。って、怖っ！　なにこれ、蛇？」

「うわぁ。どうせなら、もっと綺麗なのを買ってきなよ」

ここの母娘にも、『さらやしき』は評判が悪い。お彩は「いいんです」とそっぽを向き、絵が皺にならないよう両端を緩く重ねて持つ。錦絵など値が安くてありふれたものだから、皆平気で折り畳んでしまうが、辰五郎の仕事を間近に見ていたお彩は大切に取り扱う。なにげないぼかし一つにも、熟練の技が込められている。

「右近さん、上がってお茶でも飲んでくかい？」

香乃屋の面々は、すっかり右近に餌づけされている。いまだ得体の知れぬこの男を、少しも警戒していない。

「じゃあ、私はこれで」

あとのことはお伊勢たちに任せ、お彩は裏店へ引き取ろうとする。しかし右近は香乃屋へ上がろうとはせず、「ちょっと待ちぃな」と裏木戸を越えてついてきた。

「なんですか」

「いえね、辰五郎はんに、ちと挨拶しとこ思いまして」

「不要です」

「そうはいきまへん。大事な娘はんを連れ回しとる身としては」

それならもっと早くにひと言あってもよさそうなものだ。なにを今さらと呆れるお彩を追い越して、右近は棟割り長屋の前に立つ。

「辰五郎はん、いてはりますか。開けますえ」

「ちょっと」

止める間もなく戸が叩かれ、開け放たれる。これまで何度も日蔭町に来ている右近を、家に入れたことはない。得体は知れなくとも、大店の主やお職の花魁と懇意にしているような男だ。自ずと、住む世界が違うと分かる。四畳半の数寄屋を「落ちつく」と評する男は、裏店の暮らしになど縁がなかろう。

案の定右近は、戸口で立ちつくしている。中は先ほどの茶室ほどの薄暗さだ。四畳半に台所がついただけの部屋には押し入れすらなく、暮らしに必要な道具がごちゃごちゃと詰め込まれている。その中央の万年床は饐《す》えたにおいがし、半身を起こした辰五郎が驚いた顔をこちらに向けていた。

「右近さん、もういいですから」と引いた袖は、やはり絹物。単衣の季節になり、右近は京紫の縮緬《ちりめん》を着流しにしている。

「てめぇは――」

右近の声と上方訛りに聞き覚えがあったのだろう。辰五郎が喉に絡んだ声を出す。

それには答えず雑然とした室内を見回して、右近はきっぱりと言い放った。

「こらあかん」

勝手に人の家の戸を開けておいて、第一声がそれか。失礼を通り越した振る舞いに、腹を立てるよりぽかんとしてしまう。袖を捉えていた手が緩み、右近はするりと中へ入って行った。

「こんな暗い部屋で日がな一日寝てはったら、そら気鬱にもなりますわ。ほれ、立ってください。せや、男同士、風呂屋にでも行きまひょか」

戸惑う辰五郎に手を貸して、引き上げるようにして立たせる。足腰の弱ったその体を支え、右近はまるで旧知の友を誘うように微笑《ほほえ》みかける。

いったいなにが狙いなのか。右近はへらへらしているが、目的のないことはしない男だ。

「風呂屋って、湯屋のことですか？」

「ああ、江戸ではそう言いますな。どうですやろ、辰五郎はん。ひとっ風呂浴びてさっぱりしまへんか」

辰五郎は光を失ってからというもの、頑固になった。他人をほとんど寄せつけず、世話になっている香乃屋のおかみさんにもろくに挨拶をしない。あまり馴れ馴れしくすると、よけいに心を閉ざすだけだろう。

「あの、お気持ちは嬉しいのですが」

お彩も家に上がり、ふらふらしている辰五郎を逆側から支える。摑んだ腕は、ぞっとするほどに細い。月代《さかやき》と髭も伸びかけており、はだけた胸は肋骨が浮いている。それこそ幽霊画のようである。

「湯か――」

だが辰五郎は、色の悪い口元にうっすらと喜色を浮かべた。頬が少し持ち上がっただけで、いくぶん生気が戻ったように思える。

まさか、行きたいのか。お彩では男湯の中にまでついて行けないから、辰五郎はもう長らく湯に入っていない。こまめに体を拭いてやってはいるが、湯船に体を沈めたときの心地よさとは比ぶべくもないだろう。

「ええ、行きまひょ行きまひょ。今ならまだ空いてますやろ。お彩はん、手拭いを出してくれまへんか。できれば、わての分も」

右近に促され、辰五郎はよろよろと前に踏み出す。先回りをして土間に草履《ぞうり》を揃えてやると、上がり口に座ってすんなりと履いた。いつもは散歩に連れ出すだけでもひと苦労なのに、この素直さはなんだろう。

「ほな、行ってきます。ついでにどっかで昼餉を食べてきますわ」

お彩が渡した手拭いを肩に乗せ、右近は辰五郎の手を引いてゆく。「あ、そこ段がありますえ」と、細やかな配慮も忘れない。

なぜこんなことになったのか、分からぬままお彩は二人の後ろ姿を見送った。

小豆《あずき》色にてらてらと輝く羊羹に、楊枝を入れる。練り羊羹などめったに食べられるものではないから小さく切って口に含むと、ねっとりとした甘さが舌の上に広がった。

香乃屋の主人が奮発して淹れてくれた煎茶を啜ると、甘みが青い香りに溶けて鼻に抜ける。体がふわりと、宙に浮いた心地がする。

「右近さんたち、遅いわねぇ」

隣に座って同じく羊羹を食べながら、お伊勢が通りに目を遣った。香乃屋の店の間である。おかみさんは土間で常連客相手に話し込んでいる。

昼八つ（午後二時）の鐘が鳴り、右近たちの帰りを待ちきれないとばかりに、お伊勢が羊羹の包みを開けた。男湯の二階は茶や菓子が用意されており、碁や将棋を楽しめるとあって、長居しだすときりがない。そんなもの、待っていられるわけがない。

「でも驚いた。まさか右近さんが、辰五郎さんを気にかけてくれるなんてね」

皿に立てても倒れない厚さに切った羊羹を、お伊勢も大事に食べている。そういうものを、右近はぽんと買えてしまうのだ。

「本当に、どういう風の吹き回しなのかしら」

辰五郎と右近が、湯屋でどんな会話をしているのか見当もつかない。そもそもあの二人、話が嚙み合うのだろうか。

「あたしね、喋っちゃったの。今朝、彩さんを呼びに行く前、右近さんに」

お伊勢が妙に、もったいぶった言い回しをする。お彩は「なにを？」と、目で問いかけた。

「辰五郎さんが体を悪くするために、わざとお酒をたくさん飲んでいたこと。ほら、彩さんとても落ち込んでたから」

お彩を自由にするために、早くあの世に行こうとしていた辰五郎。その事実は一人で抱えるには重すぎて、おかみさんとお伊勢に聞いてもらった。ただ吐き出せれば、それでよかった。

だが香乃屋の母娘は、耳から入ったことがそのまま口に出てしまいがちだ。きっとお彩が話した以上に、情感たっぷりに語ったのだろう。

「余計なことを」と、つい恨み言が洩れてしまう。

「だけど、優しいよね右近さん。あたしからそう聞いたからって、すぐ行動に出てくれるなんてさ」

不興を買ったと悟り、お伊勢が取り繕うような笑みを見せる。

たしかに右近は、たまに優しい。辰五郎の仕事場を再興したいというお彩の願いをそっと後押ししてくれたときも、苦界に生きる花魁の仕掛に雲を配してはと提案したときも。お彩の心の柔らかなところに、そっと触れてくる。

「彩さんのこと、大事に思ってるのよ、きっと」

だが、それは違うとはっきり言える。なんでもかんでも色恋に結びつけたがるのはお伊勢の浅はかさだ。

「分かってないわね、あの男が」

　せっかく美味しいものを食べているのに、口元が苦々しく歪んでしまう。

　右近は本当に、目的のないことはしないのだ。以前辰五郎の酒代を立て替えてくれたときも、その代わりにとお彩が働かされた。ならば次は、なにを求められるのか。それを思えば、頭が痛い。

「なによ。彩さんこそ、右近さんがどこの誰だか知らないままでしょ」

　お伊勢がむっと眉を皺める。そこを突かれると弱い。

「こんなに彩さんのためにいろいろしてくれているのに、どうしてなにも聞かないの。知りたいとは思わないの？」

「ちっとも思わない」

「ひどいよ、彩さん」

　可愛いお伊勢に詰《なじ》られても、考えは変わらない。右近の素性を知ってしまったら、もう後戻りができない気がする。あの男がなにを企んでいるかは知らないが、おそらくただの人助けのためにお彩を連れ回しているわけではないだろう。

　決して深入りしてはいけない。お彩はあらためて、己にそう言い聞かす。ついうっかり、心を開いてしまわぬように。

「右近さん、お帰んなさい。あら辰五郎さん、見違えたわねぇ」

土間に立っていたおかみさんが、表に顔を振り向ける。お彩は辰五郎を出迎えるため、湯呑みを置いて立ち上がった。

「まぁ、お父つぁん。さっぱりしたのね」

髪結い床にも寄ったらしく、辰五郎の月代と髭が綺麗に剃り上げられていた。ゆっくりと湯に浸かったため血色が戻り、垢を落とした顔には艶さえある。

お彩は辰五郎の手を取って、上がり口に座らせてやった。心なしかその足取りも、行きより力強くなった気がする。

「右近さん、ありがとうございます。あの、湯屋と髪結い床の代金を」

なるべく借りは作りたくない。だが右近は帯の間から財布を取り出そうとしたお彩を手で止めた。

「かましまへん。辰五郎はんとご一緒できて、楽しかったですよって」

実の娘のお彩でさえ、ここ数年は辰五郎といて「楽しい」と感じたことはない。右近とは、それほど馬が合ったのだろうか。

不審がるお彩に、右近がにまりと意味ありげに笑いかけた。

「お彩はん小っちゃいとき、せっかく摺り上がった初摺《しょずり》百枚に、残らず手形をつけて喜んでたことがあったらしいどすなぁ」

「はっ？」

それはお彩自身も覚えていないほど、幼いころの出来事だ。そんなことまで喋ったのかと、信じられぬ思いで父を見る。辰五郎はしれっとした顔で、柔らかくなった指のささくれを剝いている。

「他にもお彩はんが寝小便を――」

「いえ、もういいです」

ろくな話ではないと悟り、お彩は慌てて右近を止めた。にやけた狐面が恨めしい。どうせ口八丁で、辰五郎を丸め込んだのだ。

お伊勢が店の間から、首を伸ばして尋ねてくる。

「右近さんも、羊羹食べる？」

「いいや、ちと用事ができてしもたんで、これで帰りますわ」

そうだ、帰れ帰れ。自分を差し置いて辰五郎が気を許したのが恨めしく、お彩は心の中で右近を追い返しにかかる。

「ほな」と一同に向けて短い挨拶をしてから、右近は辰五郎に向けてこう言った。

「辰五郎はん、また明日」

「ああ」と、辰五郎も鈍く頷く。

「えっ。明日、なにがあるんですか！」

お彩の知らぬうちに、なにかしらの取り決めがあったらしい。尋ねても、右近は笑いながら店を出て行ってしまった。

「あの、来なくていいですから！」

その背中に投げつけた言葉は、届いたのか否か。なにごともなかったかのように、右近の姿が遠ざかってゆく。

「辰五郎さんも、羊羹食べる？」

「いいや、いらねぇ」

久し振りに湯に浸かって疲れたのか、辰五郎の瞼が重たげだ。こちらを問い詰めても、「ああ」「うん」と生返事をするだけ。けっきょくなにも聞き出せない。

辰五郎は欠伸《あくび》を一つ落としてから、色が薄くなった目を虚空に向けた。

「ま、あいつぁ悪い男じゃねぇな」

まるで、娘の恋人を品定めするような口調である。

そうじゃないんだってばと、お彩はその場で頭を抱えた。

三

翌日右近は、夕七つ（午後四時）前にやって来た。

いつ来るのかと朝から身構え、もしや急用でもできて日を改めるつもりなのではと油断したころの来訪だった。風を入れるために開け放しておいた木戸から「辰五郎はん」と右近が顔を覗かせ、失望のあまり力が抜けたものである。

一方の辰五郎は珍しく床を上げ、自ら進んで顔を洗い、準備万端整えていた。いったいなにをそんなに楽しみにしていたのか。「ほな行きまひょか」と声をかけられ、いそいそと立ち上がる。

「待ってください。どこに行くつもりですか」

繕《つくろ》い物の手を止めて、お彩は男たちに追いすがる。まさか、悪所通いを覚えさせるつもりではなかろうか。辰五郎の浮き浮きとした様子からして、あり得ないことではない。

「ああ、ほなお彩はんも行きまひょ」

「はっ？」

そこは、女が立ち入ってもいい所なのか。辰五郎の横顔を窺い見るも、「よせ」ともなんとも言われない。いかがわしい場所ではないのだろう。

だとしても、家で待っているとやきもきするばかり。辰五郎がまた、いらぬ話を右近に吹き込むかもしれない。

「分かりました、行きます」と、お彩は前掛け姿のまま表に出た。

辰五郎の手を引いて、ひたすら北へと歩を進める。

前をゆく右近が、目的地を告げないのはいつものこと。それでも足の弱った辰五郎に合わせ、歩みはゆったりとしている。

日本橋を素通りし、両国広小路に出たときは、吉原に連れて行かれたときの記憶が頭をよぎった。だが右近は吉原通いの舟が出る柳橋も、少しも顧みずに通り過ぎてゆく。

ここまでですでに、休むことなく半刻（一時間）以上歩いている。同じ道のりを歩いて帰ることを考えると、辰五郎の疲労が心配だ。

「お父つぁん、疲れてない？」

「なんの、これしき」

繋いだ手が、汗ばんでいる。散歩に連れ出してもすぐ「もうここまで」と言いだすくせに、ずいぶん頑張るものだ。

「もうちょっとですよって。疲れたなら、帰りは駕籠《かご》でも呼びまひょ」

「いいや、それにゃ及ばねぇよ」

右近に気遣われて、虚勢まで張ってみせる。若い男に体力で劣っていると思われまいとする、意地である。そんなものがまだ残っていたのかと、お彩は目を見開いた。

そうこうするうちに、陽はどんどん傾いてゆく。後につき従う影が長くなり、やがてすれ違う人の顔にもぼんやりと紗がかかりはじめる。そんな頃合いに、お彩たちは雷門の前にたどり着いた。

「浅草観音？」

お彩は大提灯を見上げ、ぼんやりと呟く。まさか、ただの参拝だったのか。

仲見世の左右にひしめく床店は、そろそろ店仕舞いをはじめている。昼間は立錐の地もないほどの人出だが、今は落ち着き、人に揉まれることなく歩ける。

だから右近は夕刻に迎えに来たのだろうか。昼では人が多すぎて、目の見えぬ辰五郎とは、はぐれてしまったかもしれない。

「せっかくやし、ついでにお参りもしときまひょか」

閑散としはじめた仲見世を抜け、右近がこちらを振り返る。

「ついで？」と、お彩は眉を寄せた。

「どういうことか、いいかげん明らかにしてくれますか」

これ以上なにも知らされず、振り回されるのはご免だ。まだ歩くようなら、辰五郎に水の一杯でも飲ませてやりたい。強く睨むと、右近は怯んだように両手を上げた。

「ああ、すんまへん。目指してたんは間違いなく、浅草観音どす。せやけど目当ては観音様やのうて、奥山ですねや」

浅草は観音様のお膝元であると同時に、一大歓楽地でもある。一つはさっき通ってきた仲見世。菓子や玩具、土産物などの店が立ち並び、美しい看板娘を擁する茶屋はいつも賑わっている。

もう一つが奥山。観音堂の北西の、見世物小屋が並び立つ一画である。

観音様に手を合わせてから、右近に従い、薄暮に包まれた奥山へと足を向けた。

手妻《てづま》や曲独楽《きょくごま》、辻講釈など、数々の見世物で混沌とした賑わいを見せるこの界隈も、そろそろ店仕舞いである。『歯力太郎』という幟を掲げた男が「本日はこれにて見納めでござい」と口上を述べ、茶碗を歯でばりばりと嚙み砕いている。

「うひゃあ」と右近は肩をすくめつつ、歯力太郎に投げ銭をくれてやった。

さらに奥まで分け入ると、大きな欅《けやき》の木の下に板張りの小屋が建っていた。幟には大きく、『観音様の御利益　胎内めぐり』と墨書されている。

「やぁ、どうもどうも」

小屋の前に『お一人様十六文』という看板を掲げて立つ男に、右近は飄々と近寄って行った。客寄せのためか仏様が描かれた袖なし羽織を着、鳴り物の鈴を掲げた男は、それをしゃらしゃらと振って見せる。

「ああ、右近さん。この人が、昨日言ってた辰五郎さんかい？」

なんのことだか知らないが、話は通っているらしい。辰五郎が声のするほうに向かって無言で腰を折り曲げる。

「どうしたもんかと困ってたんで、助かるよ。さっそく明日から来てもらえねぇかな」

男は見たところ、四十前後。脂の乗りきった色気と共に、山師のような胡散臭さを漂わせている。ひと目で信用がおけぬと断じ、お彩は辰五郎がなにか答える前に割り込んだ。

「うちのお父つぁんに、なにをさせようというんですか」

男はきょとんと目を丸くし、背後の小屋を指し示す。

「なにって、仕事だよ」

「まさかお父つぁんを、見世物にしようというの！」

「違う違う。ちょっと、右近さん」

血相を変えて詰め寄るお彩に恐れをなし、後退《あとずさ》りしつつ男は右近に助けを求めた。右近ときたらその様を、可笑《おか》しそうに笑って見ている。

「違いますねや、お彩はん。ほれ、『胎内めぐり』って聞いたことありまへん？」

そう言って、風にはためく幟を指差す。

そんな言葉は、初耳だった。

胎内巡り、もしくは戒壇巡りとは、洞窟や仏堂の縁の下の暗闇を母胎に見立て、ぐるりと一周して出てくることで、生まれ変わりとご利益を期待するものだ。右近によれば、富士の麓の無戸室浅間《うつむろせんげん》神社や、信濃の善光寺のそれが特に有名であるらしい。

そのご利益を江戸の人にも味わってもらおうと、小屋を作ったのがこの男。なぜか胸を張り、徳次郎と名乗った。元は甲斐の出だという。

「この小屋の、表が入り口で裏が出口。中は板で区切って一本道の通路になってんだ。本当に真っ暗だぜ」

徳次郎が誇らしげに、小屋の壁面をトントンと叩く。今はもう、中に客はいないそうだ。

「なるほど。それを奥山でやることで、あたかも観音様のご利益があるかのように見せかけているわけですね」

本来は観音様とはなんのかかわりもない、ただの興行だ。ご利益と謳《うた》ってはいるが、そんなものあるはずがない。

「つまり、詐欺じゃありませんか」

ひと目見て山師のようだと思ったのは、間違いではなかった。やはりこんな男に、辰五郎を任せるわけにはいかない。

「帰りましょう、お父つぁん」と辰五郎の手を握る。右近がそれを、「まぁまぁ」と引き止めた。

「待ってぇな、お彩はん。そない目くじら立てぃでも、せいぜい蕎麦一杯の値や。それで中に入った人らは、『なかなか面白かった』とゆうて出てきはる。たいした罪やあらしまへんわ」

「そうさ俺は、体験を売ってんのさ」

右近に助け船を出され、徳次郎が勢いづく。偉そうに、自分の胸を叩いて見せた。

「だったらあの幟は下げて、『暗闇一本道』にしてはどうですか」

「くそっ、気の強い娘だな。頼むよ、それじゃ客が入んねぇよ。ご利益なんてのは、どうせ思い込みなんだからさぁ」

屁理屈が通じないと悟ると、徳次郎は拝み倒しにかかってくる。

ご利益とは、思い込み。さほど信心のないお彩は、それもそうかと納得し、もう少し先を聞くことにした。

「それで、お父つぁんの仕事というのは？」

「ああ。ここに小屋を出すのは夏の間だけなんだが、一緒にやってた仲間が怪我をしちまってね。それで辰五郎さんに、代わりを頼みたいのさ」

「怪我をするような、危ないことなんですか！」

「なんだよ、もう。右近さん、なんで娘さんまで連れて来ちまったんだよぉ」

ざわりとこめかみの毛が逆立つのを感じたから、お彩の形相は凄まじかったろう。徳次郎が「面倒くせぇ！」と右近に泣きつく。そのせいで、お彩の注意が右近に移った。

「あなたもですよ、右近さん。お父つぁんに、おかしな話を吹き込まないでください！」

優しいところもあるなんて、信じた自分が馬鹿だった。こんな所までのこのこついて来てしまったのが情けない。

だがさらに言い募ろうとする前に、辰五郎が繋いでいた手を振り払った。

「彩、うるせぇぞ。ちと黙ってやがれ」

その口振りの強さに、お彩は驚く。最後に辰五郎から窘《たしな》められたのはいつだったか。もはや思い出すこともできなかった。

「なんも危ないことありまへんえ、お彩はん。辰五郎はんは、湯船の中でも誰ともぶつからしまへんでしたわ」

お彩が大人しくなった今のうちにと、右近が噛んで含めるように話しだす。

石榴口《ざくろぐち》で仕切られた湯屋の湯船は、そうとう暗い。しかも湯気がもうもうと立ちこめており、前に人がいても分からないことがある。そんな中、湯船の端から端まで歩いても、辰五郎はうまく人を避けたという。

辰五郎が光を失ってから、すでに三年近い。その間に目に頼らずとも、人や物の気配がなんとなく捉えられるようになっていたのだ。

「それでふと閃《ひらめ》きましてん。この辰五郎はんの才を、活かすことはできんやろかと」

湯屋の二階は、男たちの交友の場だ。身分にかかわらず多くの人が入れ替わり立ち替わり、様々な話の種を落としてゆく。そこで右近はこの、胎内巡りを知ったらしい。

「そうそう」と、徳次郎が話の先を引き取った。

「中は一本道なんだが、なんせ暗いもんで方角を見失ったり、気分が悪くなる奴もいるんでね。そういうときはこう、壁を叩いてもらうことにしてんだが、駆けつけるほうもひと苦労。提灯なんざ持って入ったら、他の客が興醒めだ。そこで手探りで行くわけだが、仲間が派手にすっ転んじまってさ。もうやりたくねぇって言いだしちまった。一人じゃ客が捌《さば》けねぇからどうしたもんかと思ってたら、右近さんが訪ねてきてくれたってわけさ」

　昨日用事ができたと言っていたのは、これだったのか。辰五郎の仕事のために、右近はあれこれと考えてくれたようだ。

「まぁ夏の間だけやし、給金も安いんやけども、毎日ここまで通ってくるだけでもだいぶ気晴らしになると思うんどす。まずはここからはじめてみたらどうですやろ」

「ああ、充分だ」

　辰五郎も、前向きになっている。引き締まった表情は、「酒をおくれ」と泣いているときとは別人のようである。

「お父つぁん、やりたいの？」

「べつに、おめぇの許しがいるわけじゃねぇ。ただ、心配はかけたくねぇから連れてきただけだ」

辰五郎が目を悪くしてからというもの、お彩が手を取って、一から十まで世話をしてやらねばと決めつけていた。だが、生まれたばかりの赤ん坊ではないのだ。自分のことは、自分で決められる。

けっきょく辰五郎を駄目にしていたのは、お彩のお節介のせいではなかったか。そう思うと、気が沈む。

「ま、ともあれお彩はんも、やってみはったら？　胎内巡り」

「えっ」

「ああ、いいんじゃねぇか。娘さんはもうちょっと肩の荷を下ろしたほうがいい。生まれ変わってきな」

右近と徳次郎に勧められ、お彩は急拵えの小屋を見遣る。いつの間にかあたりは墨を流したように暗く、少し離れただけで相手の顔も見分けがたい。周りの見世物小屋はすっかり片づけられて、欅の葉の鳴る音がやけに大きく響く。

ただでさえ暗いのに、小屋に入る意味があるのだろうか。それでも生まれ変わりという言葉に惹かれ、お彩は「やってみます」と頷いた。

四

暗闇など、べつに珍しいものではないと思っていた。

夜がくれば、いつだってそこにあるものだ。そっと機会を窺って、行灯の灯を落としたとたんにお彩を包み込んでくる。少し怖くて、安心な、慣れ親しんだ闇。だが小屋の中に淀む闇は、ずいぶんと勝手が違う。

一寸先どころか、自分の手足がどこにあるのかも分からない。まるで虚空に放り出されたかのようで、此岸を離れてしまった気さえする。

落ちついて手で探ってみれば、板と板の間はご丁寧にも、漆喰《しっくい》で塞がれているようだ。しばらく待ってみても、目が慣れない。月の光も星もなく、どこからか洩れてくる明かりもない。方向を見失ったり、気分が悪くなる者が出るというのも頷ける、漆黒の闇である。

お彩は左の壁に手を触れた。徳次郎からは、この壁を伝って前に進むよう言われている。なにも見えないだけに、足元はあらかじめ平らに均《なら》されているようだ。そろりそろりとすり足で歩いても、つっかえるものはない。

おっかなびっくり前に進みながら、おかしなものだとふと思う。なぜこの暗闇の中で、自分は必死に目を凝らしているのだろう。どうせ一本道で、足元には障害もない。なのになにを見ようというのか。

可笑しくなって、お彩は目の前の漆黒をただ受け入れることにした。すると左の手に触れる壁の木肌の感触が、鮮やかに流れ込んでくる。外で鳴る欅の葉音も、草履から伝わるジャリッとした土の感じも、闇を通じてお彩のものになってゆく。

辰五郎は、こういった世界で生きているのだろうか。闇は案外、饒舌だった。目に頼りすぎていると、その声は届かない。暗闇の中の小さな声を、丁寧に拾い上げてゆく。

さほど大きな小屋でもないのに、板で細かく仕切られていて、お彩は何度も角を曲がった。曲がっても曲がっても、待ち受けているのは漆黒だ。

黒というのは、面白い色である。色の基本となる赤、青、黄を、同じ分量だけ混ぜると黒になる。黒は無のようでありながら、あらゆる色を内包している。北斎の百物語に見るような化け物だって、きっと優しく押し包んでしまうのだろう。

黒はこの世のすべての物だ。その元となり、返るところ。そう気づいたとたん、空いた右の手に、ゴツゴツとした手触りが蘇る。京屋の茶室でこの手に触れた、黒楽の茶碗だ。

今ならあの、歪な形の面白さがよく分かる。手にずしりとくる重みと厚さは、目だけで楽しむものではなかった。そして底光りがするほどの黒い色は、おそらく無辺《むへん》に通じている。

ぞくりぞくりと、うなじが震える。茶の湯とはなんと、奥深い。お彩はたしかに、右近から色を見る目があると持ち上げられて驕《おご》っていたのだ。

だからよく考えもせず、薄汚い茶碗だと切り捨てた。黒など特に、面白くもないではないかと。

己の無知にも気づけぬほど、お彩は未熟だったのだ。暗闇に、一人でいるときでよかった。そうでなければあまりのいたたまれなさに、大声で叫んで走りだしていたかもしれない。そのくらい、恥ずかしい。

壁の木肌を感じてきた左手が、ふいに分厚い布に触れた。光が入らないように、入口と出口の開き戸の内側には布が垂れ下がっている。胎内巡りは、これで終わりだ。

だけど、もう少し。

俗世に生まれ出る前にと、お彩はその場で息を整えた。

「ああ、お彩はん。やっと出てきはりましたか」

戸を押して外に出ると、すぐそこに右近と辰五郎が待っていた。

「遅かったな」と、辰五郎がぶっきらぼうにお彩を迎える。

空には猫の爪のような細い三日月が浮かんでおり、暗闇を通ってきたお彩には、それだけであたりがうっすらと明るく見えた。

「いかがどすか、生まれ変わりは」

おんぎゃあと泣きはしないが、小屋に入る前と後とでは、心根が変わったようだ。自分はなにも知らないのだと、知ることができた。ならばまた、赤ん坊からやり直しだ。

「そうですね。もっと、いろんなことを学びたいと思いました」

「ほほう。それはええことどすな」

暗くて見えないと思っているのかもしれないが、お彩には分かる。右近は眉を持ち上げて、喜びを頬に刻んだ。

三人で表の入り口側に回ると、徳次郎がぶら提灯を二張用意してくれていた。

「ほら、足元に気をつけて帰んな」と、片方を差し出してくる。

それを受け取ってから、お彩は深々と頭を下げた。

「どうか、お父つぁんをよろしくお願いします」

胎内巡りの小屋に入ってみて、徳次郎についても一つ分かったことがある。壁を手探りしてゆく客がささくれで怪我をしないよう、仕切り板の表面には入念にヤスリがかけられていた。

山師のようではあるけれど、人を思い遣れない男ではない。それならば、辰五郎を任せても大丈夫だ。

「お、おう」

急にしおらしくなったお彩に、徳次郎が狼狽《うろた》える。

辰五郎が、不満げにぽつりと呟いた。

「だから、おめぇがよろしく頼む筋合いじゃねぇってんだよ」

えっさえっさと駕籠がゆく。お彩は提灯をぶら下げて、その後ろにつき従う。

辰五郎は家まで歩けると意地を張ったが、明日に疲れを残してはならないと説き伏せて、右近が辻駕籠を呼び止めた。仕事のためと言われると、辰五郎は素直に聞き入れた。それだけ明日からの仕事に、期するところがあるのだろう。

辰五郎が摺師以外の職に就くなんてと、割り切れない気持ちもくすぶってはいるが、本人がやる気なら応援したい。働くことで自信を取り戻してゆけるなら、なによりだ。

「右近さん、お父つぁんのことでは、本当にありがとうございました」

住まいがどこかは知らないが、帰る方向は同じらしい。共に歩く右近に、あらためて礼を言う。お彩では決して辰五郎の意識を、外に向けさせることはできなかった。

「もしかすると私が世話を焼きすぎたせいで、お父つぁんのやる気を削いでいたのかもしれません。相手は子供ではないのに」

よかれと思ってやってきたことが、裏目に出てしまうのは辛い。それでも同じ過ちを繰り返さないように、己の非と向き合うしかない。

「やっぱり親子やなぁ。あんさんら、よう似てますわ」

右近が呆れたように首を振る。肌が白いせいで、顔だけがぽっかりと浮いて見える。

「辰五郎はんは、これ以上お彩はんに負担をかけたくないと言うてはりましたわ。せやから、ぼちぼち働いてみたらどないですかと勧めたまでどす」

働くといっても当道座《とうどうざ》に属していない盲人に、できることはかぎられている。それゆえ辰五郎は自暴自棄になり、酒をかっ食らっていたのだ。そのぶんできそうな仕事があると知ると、俄然やる気を見せたという。

「お互いに、自分のことより相手のこと。まぁ、自分本位よりはよっぽどええと思いますけどな」

「そうだったんですね」

昔の優しくて頼りになるお父つぁんはどこへ行ってしまったのかと、恨めしく思ったこともあった。だが辰五郎はずっと、お彩を気にかけてはいたのだ。

「お父つぁんが、生きようとしてくれてよかった。私も毎日浅草まで歩いていたら、いい運動になりそうですし」

「ちょっと待った。なんでお彩はんまで通おうとしてはりますのん」

「だって一刻の道のりを、一人で行かせるわけにはいかないでしょう」

いくら人の気配が分かるようになったといっても、途中には日本橋など人通りの多い町がある。辰五郎が避けたとしても、あちらからぶつかってこられてはたまらない。少なくとも行き来に慣れて道を覚えるまでは、つき添いが必要だ。

「いやいや、それで日に二刻（四時間）も取られるんやったら、なんのために辰五郎はんに仕事を紹介したんか分からしまへんわ」

「なんです。やっぱり目的があったんですね」

「目的やなんて、人聞きの悪い。お願いしたいことがあっただけどす」

次はなにをさせる気なのか。右近の口から出る「お願い」は、不穏な響きをはらんでいる。

「聞かなかったことにします」

「せやけどさっき、『学びたい』ゆうてましたやろ。それには打ってつけどすえ」

なるほど。お彩がそう言ったとき、右近が頬に喜色を浮かべたのはなんらかの企みがあったせいか。すぐさまお伊勢を呼び出して、「ほら、こういうところよ」と教えてやりたい。

この男が、お彩を大事に思っているわけがないのだ。

「心配なら辰五郎さんのお供には、別に人をつけますよってに」

「誰です、人って」

「うちの小僧やら手代やら。人ならようけおりますんで」

いけない。これは、踏み込みすぎた。

右近の風体や金の使いかた、それに交友関係から見ても、どこぞの大店の若旦那だろうと見当はつけていた。そこをあえて突き詰めず、たまに顔を見せる厄介者としてつき合ってきたというのに。

「ねぇ、お彩はん。話だけでも聞いてみまへんか」

右近のほうではお彩への「お願い」を、諦めるつもりはないようだ。

行き交う人々が手にする提灯や、遅くまでやっている居酒屋の灯で、町は完全な暗闇にはならない。漆黒の中に溶け込んでいれば見えるはずのなかった化け物とも、こんな夜はばったりと出会ってしまいそうだった。

紅嫌い

一

日蔭町のよいところは、その名の通りろくに陽も差さぬため、真夏に井戸端で洗濯などをしていても、焼け石のごとく炙られないですむあたり。その代わり常にじめじめとして、蒸し暑い。鬢《びん》のほつれ毛が首元に貼りつき、帯の周りにも汗が溜まる。

「しかしあれだねぇ。毎度のことだけど、山王祭が終わっちまうと、なんだか張り合いまで失っちまった気になるねぇ」

「張り合いだけならいいけどさ、三笠屋《みかさや》の亭主ったら、店の金まで祭に注ぎ込んじまったらしいよ。おかみさんがもうやってけない、親元に帰ると泣き騒いで、大変だったってさ」

「ああ、あすこの亭主ね。悪い人じゃないんだけどさ」

「お調子者なんだよねぇ」

裏店《うらだな》のおかみさんたちは、口を閉じるということを知らない。噂話に花を咲かせつつ、大盥《おおだらい》を並べて湯文字などを洗ってゆく。お彩《あや》はその片隅で、ひたすら聞き役に徹していた。

井戸端で盛り上がるのは、いつだって人の噂話。三笠屋は芝口一丁目の蠟燭屋《ろうそくや》である。

祭の準備となると、これが江戸っ子の粋だとばかりに後先を顧みず金を使ってしまう輩がいるものだ。三笠屋といえばたしか、一昨年の山王祭の際にも相当に金を注ぎ込み、「もういたしません」とおかみさんに念書を書かされたはずだった。

べつにそんなことは知りたくなくとも、耳に入ってくるのだからしょうがない。人の口に戸は立てられないのだから、せめて自分はじっと黙っていようと思う。

火事で焼け出され、摺師《すりし》の仕事も弟子も光も失ってしまった父の辰五郎《たつごろう》と二人、日蔭町に流れてきたお彩だって、どちらかと言えば噂をされる側である。裏でなにを言われているか、分かったものではない。

とはいえおかみさんたちに根っから悪い人はなく、「お父つぁんに食わせてやんな」と佃煮や漬物なんぞを分けてくれる。今もこうして愛想の悪いお彩を爪弾《つまはじ》きにはせず、末席に加えてくれていた。

どぶ板を踏んで、近づいてくる足音がする。男物の、二枚歯下駄の音である。

「おはようございます、お彩さん」

顔を上げると案の定、そこにはお仕着せを着た手代《てだい》の姿があった。

頬に残る丸みからすると、二十四のお彩よりおそらく若い。額の面皰《にきび》跡すら眩しい青年である。

「ああ、正吉《しょうきち》さん。少しお待ちください」

お彩は前掛けで手を拭き拭き、父と暮らす部屋の障子戸に手をかけた。辰五郎はすでに準備万端を整えて、上がり口に座っている。

「来たか」

目は見えずとも、耳はよい。辰五郎はお彩がなにか言う前に立ち上がり、表に出てゆく。

ゆったりとした歩みながら、足取りはたしかである。以前より、足腰が強くなった。浅草の奥山へ通うようになって、とうにひと月が過ぎていた。

「お父つぁん、待って。忘れ物」

お彩は慌てて後を追い、竹の水筒と握り飯を持たせてやる。水無月も半ばを過ぎ、うだるような暑さが続いていた。手元にすぐ飲める水がなければ、たちまち干上がってしまう。髷《まげ》の痩せた頭も陽に炙られて暑かろうと、手拭いを頬っ被りにしてやった。

「ではたしかに、無事にお届けいたします」

主人の躾がいいのか正吉は折り目正しく挨拶をし、辰五郎に肩を摑ませて去って行く。お彩は「よろしくお願いします」と深く腰を折った。

「本当に、よかったねぇ。お父つぁん、だいぶしっかりしてきたじゃないか」

井戸端に戻ると、おかみさんたちの笑顔に迎えられた。お彩が目を離した隙に、辰五郎が酒の無心をしようと隣近所を回ったことがある。あのときは恥ずかしさのあまり涙が出そうになるのを堪えながら、「どうかなにも与えないでください」と一人一人に頭を下げたものだった。

それがどうだ。胎内巡りを謳った怪しげな見世物小屋の仕事とはいえ、辰五郎は毎日欠かさず片道一刻（二時間）の道のりを通っている。

体を動かせば腹も減る。酒をやめて飯を食べるようになり、骨と皮だけだった体に力が戻ってきた。仕事に向かう辰五郎を見送るたび、お彩の胸には熱いものが込み上げてくる。

「本当に、あの京紫《きょうむらさき》のおかげだねぇ」

それにしてもここのおかみさんたちは、よその家の事情を知りすぎている。

京紫というのは、右近《うこん》のことだ。辰五郎が仕事にありついた経緯は、香乃屋《かのや》のおかみにでも聞いたのだろう。いい男がいたもんだと、口々に褒めそやしている。

「お彩ちゃんのことを、憎からず思っていればこそだよね」

「アンタはどうなのさ。京紫を好いてんのかい？」

同じく香乃屋のお伊勢《いせ》にも、散々問われたことである。お彩は首を左右に振った。

「好いていないし、好かれてもいません」

「またまたぁ！」

濡れた手で遠慮なく、両側から肩を叩かれた。詮索好きでさえなければ、もっとつき合いやすい人たちなのだが。

お彩は目立たぬようにため息を落とし、洗濯の続きに取りかかる。からかい甲斐がないと悟ると、おかみさんたちは「そういや、知ってる？」と、また別の噂に花を咲かせた。

右近のことは、べつに好いても好かれてもいない。あの男はお彩に「お願い」があって、親切を働いただけのこと。いったいなんの頼みがあるのか、用件はまだ聞いていない。

辰五郎に仕事を斡旋《あっせん》したあの日以来、右近はぱたりと顔を見せなくなってしまった。その静けさが、かえって不気味であった。

ただ一つ、分かってしまったことがある。右近が辰五郎の送り迎えに寄越す「うちの小僧やら手代」は、正吉の他に日替わりで三人。そのすべてが、塚田屋の奉公人である。思い返せば久野屋《ひさのや》の見合い衣装の相談の折も、花里花魁《はなさとおいらん》の仕掛《しかけ》を見立てたときも、来ていたのは塚田屋の番頭だった。

塚田屋は、京に本店を構える呉服屋だ。おそらく右近は、そこの若旦那なのだろう。顔の広いあの男のことだから、塚田屋ともてっきり馴染みとばかり思っていた。だがそうではなく、内側の人間だったのだ。

騙されたと憤るほど、右近を信じてはいない。ただ、怖くなった。右近はいったい、なにを企んでいるのだろう。

このまま二度と、顔を合わせることがなければいいのだが。

そういうわけにはいかぬだろうと、お彩の勘が告げている。あの男は忘れたころにひょっこりと現れて、こちらの隙を突いてくる。

気をしっかりと持って、決して口車には乗せられまい。

お彩は胸に強く誓いながら、洗い終えた辰五郎の褌を力一杯絞り上げた。

「あ、彩さん。まだ動かないで」

お伊勢の制止の声に、お彩は閉じていた目をぎゅっと引き絞る。唇の上を、ひんやりとした紅筆の感触が滑ってゆく。

なんだか妙に、くすぐったい。

「なにやってんのさ。べつに目を瞑らなくたっていいんだよ」

香乃屋のおかみさんが、店の土間から声をかけてくる。その通りなのだが、目を開けるとすぐ鼻先にお伊勢の顔があるものだから、気恥ずかしくてつい目を瞑ってしまう。

「はい、できた。うん、顔色がずっとよく見えるわよ」

そう言って、お伊勢が手鏡を渡してきた。覗き込むと、唇ばかりが鮮やかな、冴えない女がそこにいる。白粉《おしろい》も塗っていないのだから、顔が映えるわけがない。

「似合わないわね」

「そんなことないわ。彩さんは、化粧映えのする顔よ」

「そうそう。女の顔なんて、化粧と髪型でどうとでもなるんだから」

香乃屋の母娘に詰め寄られると、たじたじになってしまう。二人とも、身なりには相当気を配っている。油店の女は髪が命とばかりに、鬢も髷も乱れなくつやつやと光り輝いていた。

「ちょっと白玉でも食べにこない？」とお伊勢に誘われ来てみれば、相変わらず飾りっ気がないと責められて、この始末だ。白砂糖をまぶしたせっかくの白玉も、食べるのに気を遣う。紅が落ちないよう一つずつ口を窄《すぼ》めて食べていたら、「池の鯉じゃないんだから」とおかみさんに笑われた。

「アンタもさ、お父つぁんの世話からちょっとは自由になったんだから、そのぶん自分に構ってやったほうがいいよ」

「そうそう。彩さんたら放っておくと、繕い物の仕事ばかりしてるんだもの。次に右近さんが来たときに、アッと言わせてやりたくないの？」

そんなことは少しも思わないし、白粉も紅も買わずに仕事をすれば、銭が溜まる。無駄なことをしている暇はないのだ。お彩はまだ、摺師辰五郎の仕事場の再興を諦めてはいない。

だが一つ気になることがあり、お彩はもう一度手鏡を覗き込んだ。

「この紅は、お伊勢ちゃんが今つけているのと同じもの？」

「そうよ、京屋さんの紅。昨日買ってきたばかり」

お伊勢が有田焼の紅猪口を、「ほら」と言って見せてくる。磁器の白い面に塗られた紅は、深みのある韓紅花《からくれない》。それがお伊勢の唇に乗ると、赤みの冴えた赤紅に、お彩の唇では黄みの入った銀朱に近づいて見える。

「同じ紅でも、塗るものの地色によって、こうも色の出が違うのね」

「そう。そんなに違う？」

わずかな色の違いだが、たしかに違う。お伊勢には分からないのか、顔を寄せてきて手鏡を覗き、首を傾げた。

「かんざらし、白玉ァ。かんざらし、白玉ァ」

夏の風物詩である白玉売りの声が遠ざかってゆく。店の間の隅に控えめに座っていた香乃屋の主人が、空になった碗を置き、「しかしなんだな」と腕を組んだ。

「ちょっと前にはほれ、笹紅ってぇのが流行ってたじゃないか。あれに比べりゃあ女の唇が紅いってだけで、俺たちゃホッとするけどねぇ」

紅花から色を取り出して作る紅は、混じりけのない高級なものほど、どういうわけだか玉虫色に光り輝く。それを幾重にも塗り重ね、下唇を緑に彩るのが流行ったことがあった。

だが玉虫色の「小町紅」は、庶民の女が気軽に手を出せる値ではない。そこで皆は工夫をして、唇にまず墨をのせてから、いつもの紅を重ねていた。金はなくともお洒落を楽しみたい女たちの、涙ぐましい努力である。

「あのころはお前も、口を緑に染めていたっけね。まったく、なにがいいんだか。気味が悪いだけだったよ」

しかし女の流行は、男に通じぬことも多い。主人はおかみさんのほうを見て、おどけたように肩をすくめた。

それに対して娘のお伊勢が、ぴしゃりとやり返す。

「思い違いをしないで、お父つぁん。化粧ってのはね、自分のためにするものなの。男の人の意見なんか求めてないのよ」

「そうだそうだ。伊勢、もっと言ってやんな」

気の強い女二人に言い負かされ、主人は小さくなって口を噤《つぐ》んでしまった。入婿《いりむこ》の立場の弱さである。お伊勢も婿に入ってくれる男を探しているのなら、人の目があるところではもう少し、父親に優しくしてやればよいものを。

お彩はさりげなく、話の矛先を変えてやることにした。

「化粧は、自分のため？」

問いかけると、お伊勢は「もちろん!」と身を乗り出してくる。

「なりたい自分に近づくため、自分の心地よさのためにするのよ。彩さんも覚えといて」

ならば素顔のほうが心地よければ、化粧などしなくてもいいのではないか。顔を塗っていると汗をかいても手拭いでごしごしと拭けやしないし、眉墨が流れていないか、歯に紅がついていないかと、細かいことが気にかかる。あんな七面倒なものが、自分のためになるとはとても思えない。

「でもさっき、右近さんをアッと言わせるとかなんとか言ってたじゃない」

「そうよ。アッと言わせたいと思うのは自分の欲。だから自分のためなの」

どうも屁理屈のような気がしてならないが、そういうものなのだろうか。好いた男でもいれば、腑に落ちるのかもしれないが——。

「ところで最前からあすこの兄さん、お彩ちゃんのことじっと見てるんだけど。惚れられたんでないかい?」

夏の盛りとて、香乃屋は板戸をすっかり取り払い、風通しがよくなっている。おかみさんが往来を顎で指し示し、お彩もそちらに顔を向けた。

目が合うと、男は戸惑ったように頭を下げる。お彩はハッと息を呑み、その場に膝立ちになった。

二

奢りだと言って団子の皿を差し出されても、白玉を食べたばかりで食い気が起きない。お彩は源助橋近くの茶店の縁台に座り、熱い番茶だけをそっと啜《すす》る。右隣に座る男の顔はなるべく見るまいと心がけ、目はまっすぐ前に向けていた。

往来を行き交う人からは、恋仲にも夫婦のようにも見えているのかもしれない。そう思うと、どうも尻が落ち着かない。動揺のあまり「ちょっといいかい？」と聞かれ、のこのことついて来てしまった。それでも香乃屋の店先で揉めて、迷惑をかけるよりはましだったと思い直す。

隣に並ぶ卯吉《うきち》もまた、居心地が悪そうだ。目的もなく会いに来るような間柄ではないくせに、まごまごと団子を頬張っている。なぜこの男が食べ終わるのを座して待たねばならぬのかと、お彩は苛立った。

「用がないなら、帰ります」と、湯呑みを縁台に置く。

「いやいや、待ってくれよ」

卯吉は焦った声を上げ、口の中のものを番茶で流し込もうとした。思いのほか熱かったらしく、「うあちゃっ！」と飛び上がる。

こんなにも、粗忽《そこつ》な男だっただろうか。辰五郎の弟子の中でも筋がよく、落ちついた性質であったはず。あるいはそれは、惚れた弱みの色眼鏡を通した印象であったのか。

卯吉のことを、好きだと思っていたこともあった。はじめて紅を買ったのは、恋心を自覚した十七のときだ。卯吉をアッと言わせたいという思惑などはなく、ただいても立ってもいられなくて、真っ赤な紅を手に取った。石榴《ざくろ》の実が赤く色づくように、自分も熟れて弾けてしまうのだと思った。

だがお彩の心と体は熟れるのをやめ、そのまま硬く強張って枯れてしまった。やはりもう、色鮮やかな紅など似合わない。傍らに置いた湯呑みにべたりと捺された、下唇の形をお彩は指でそっと拭った。

「なぜわざわざ、こんな所に？」

辰五郎とお彩が日蔭町に移ってからというもの、元の弟子たちが訪ねてきたことはなかった。どれだけ困窮していても、辰五郎が身を持ち崩しても、誰一人手を差し伸べようとはしなかった。

恩知らず。通いになるまでは家に住まわせ、飯を食べさせてやったというのに。特に卯吉はお彩と所帯を持って、辰五郎の跡を継ぐはずだった。それなのに、今の今まで捨て置いていたのだ。

気まずいときには鼻の頭を掻く、見慣れた癖も変わらない。卯吉は意を決したように、口を開いた。

「ここ三日ほど、日本橋界隈で親方を見かけてさ」

卯吉もまた自分の裏店から、今の仕事場へと向かう途中だったという。若い男の肩に手をかけて歩く辰五郎の姿を、往来の中に見つけた。どこへ行くのかと気になったが、仕事に遅れてはいけないとそのまま見送った。

その後二日続けて、同じくらいの刻限に同じ道を使ってみれば、やはり辰五郎がやって来る。先導するのはいつも違う若者だ。なにをやっているのだろうかと、気が揉めた。

「だからこうやって、お彩さんを訪ねてきた次第なんだ」

お彩は頑なに前を向いたまま、卯吉の身勝手な語りを聞いていた。なぜ訪ねて来さえすれば、すべてを教えてもらえると思っているのか分からなかった。

「それを、知る必要がありますか？」

問い返すと、卯吉は虚を突かれたように口を閉ざした。なにを今さらと、恨みが腹の底から噴き出しそうになる。お彩はぐっと手のひらを握り込み、それを堪えた。

「あなたはもう、うちとは関わりのない人です」

「だけど俺は、親方を心配して――」

「お父つぁんを、そんなふうに呼ばないで」

顔を向けるまいと思っていたのに、卯吉を睨みつけてしまった。目の前の男は傷ついたと言わんばかりに、威勢のいい眉を下げている。

「あなたの親方はもう、摺久《すりきゅう》さんでしょう」

お彩は怒りに震える唇から、どうにか言葉を押し出した。辰五郎が光を失ったと知るや、散り散りになってしまった弟子たち。卯吉と一番の下っ端だった平太《へいた》は、小伝馬町一丁目に居を構える木曽屋《きそや》久兵衛《きゅうべえ》の元に行ってしまった。

他にも国元の親が倒れたと言って帰った者、商売替えをした者、定まった仕事場を持たない流しの摺師になった者と、世話になった師を捨てて、皆好き勝手に生きている。

傷ついたのは、こっちのほうだ。今もまだ癒えることなく、じくじくと膿んでいる。酒毒に侵され幽鬼のようだった辰五郎の姿を、かつての弟子たちにも見せてやりたかった。

「お彩さん。なにか、思い違いをしていないか?」

泣きたくもないのに、涙がせり上がってくる。その目を、卯吉が覗き込んできた。

「親方の——摺久の元に行けと勧めたのは、おやっさんだぞ」

辰五郎ならきっと、そう言っただろう。目の見えない摺師の元にいても、学べるものはなにもない。それぞれの道を行けと、強く勧めたはずだった。

「そうは言っても、本心は違ったかもしれないじゃない。だって、だってあなたは——」

私の許嫁だったんだから。そう叫びそうになり、お彩は歯を食いしばる。これではまるで、未練があるようではないか。卯吉にはもう、恨みしかないというのに。

「たしかに俺は、跡継ぎとされてたよ。でも俺の腕じゃまだ、摺辰は継げねぇんだ。修業を積んで、一本立ちができるようになったら必ず――」

爪の間に絵の具が染みこんだ、卯吉の手が伸びてくる。お彩は思わず、「嫌ッ！」と叫んで身をよじった。

「ちょっとちょっと、お二人はん。人目の多いとこでなに痴話喧嘩してはりますの。犬も食いやしまへんえ」

ふいに頭上から、飄々とした上方言葉が降ってきた。真っ先に目に飛び込んできたのは、京紫の絽《ろ》の着物。いつの間に来たのか、右近がすぐそこに立っていた。

いつも通りの狐顔で、右近はへらりへらりと笑っている。

涙もすっかり引っ込んで、お彩は呆然と呟いた。

「なぜ、こんな所に」

「なぜもなにも、ここは天下の東海道どすえ。誰が通っても不思議やおへん」

不思議だから聞いているのに、右近はそうやってしらばっくれる。二度と顔を合わせることがなければいいと思っていたのに、なぜかほっとしている自分が嫌だった。

「あっ、てめぇ。また出やがったな！」

右近と卯吉は以前、大伝馬町の通りで顔を合わせている。摑み所のない京男と、一本気な江戸っ子だ。存在からして気にくわないのか、卯吉が犬のように歯を剝き出しにした。

「はて、どっかでお会いしましたかなぁ」

覚えていないはずがないのに、どうしてこんなにも人を食った素振りができるのか。右近は白々しく首を傾げる。

「なんでぇ。上方の男は喋り方だけじゃなく、頭まで緩くできてんのかよ」

江戸っ子同士なら、「なんだとてめぇ！」と激しい舌戦がはじまるところ。しかし右近はもう一度反対側に首を傾げ、困ったようにお彩に目を遣った。

「なんどす、このお人。えらいせっかちに喋らはるよって、緩い頭では聞き取れまへんわ」

「聞き取れてんじゃねぇかよ、ちくしょう！」

卯吉がその場で足を踏み鳴らす。憎いはずの元許嫁が、だんだん哀れに見えてきた。それでも卯吉は懲りることなく、シッシッと右近を手で追い払う。

「もういい、あっちに行きゃあがれ。俺はお彩さんと喋ってんだからよ」

「でもあんさんは、ここで油売っとってええんどすか？」

「うるせぇ。てめぇには関わりのねぇことだ」

右近は切れ長の目を瞑り、こめかみを指先でとんとんと叩いた。それからはっと息を吐き、芝居がかった仕草で手を打ち鳴らす。

「ああ、思い出した。お彩はんから聞いてましたわ。あんさん、小伝馬町の摺久はんとこのお人ですな」

「だからなんでぇ！」

「お弟子はんの帰りが遅うて、心配してはるかもしれまへんな。ほなわてがちょっと行って、源助橋んとこでお団子食べてはったて教《おせ》てきますわ」

「おい待て、おい。待ちゃあがれ！」

日本橋方面へと身を翻した右近を手で制し、卯吉が諦めたように立ち上がった。懐から銭を取り出し、縁台に置く。

「しょうがねぇ。じゃ、お彩さん。今日のところは」

親方の雷が怖くて帰るだけなのに、妙に格好をつけて去って行った。

お彩はなにも言えずにその後ろ姿を見送る。もう来なくてもいいと、啖呵を切ってやればよかったと後から思った。

「さてと」

縁台の空いたところに、右近がどさりと腰を落ち着ける。「これ、よろしいか？」と聞いて、お彩が手をつけずにいた団子をむしゃりむしゃりと食べだした。

「しばらくご無沙汰になってしもて、すんまへんどした。なんせこのひと月、えらい忙しゅうてなぁ」

すっかり毒気が抜かれてしまった。お彩は「はぁ」と、吐息のような声で相槌を打つ。

「あらっ。もしかして、ただの逢い引きどした？　わて、邪魔してしもたやろか」

「そんなはずないでしょう」

ようやく右近を相手にするときの、いつもの苛立ちが戻ってきた。お彩は仏頂面でそっぽを向く。そんな態度を、右近は少しも気にしない。

「せやけど、珍しく紅なんか引いてはりますし」

「お伊勢ちゃんに塗られただけです。深い意味はありません」

「そうどすか。よう似合《にお》てますえ」

あからさまな世辞など聞きたくはない。お彩は残っていた番茶を飲み干してから、すっくと立った。

「そんなことはどうでもいいんです。あなた、塚田屋の若旦那ですよね？」

知りたくはなかったが、知ってしまったなら後には引けない。正面から睨みつけると、右近は「おや」と意外そうに眉を持ち上げた。

「なんでそう思わはりましたん？」

「気づかないわけないでしょう。暮れどきにお父つぁんを送り届けてくれる正吉さんたち、手に持ってるのは塚田屋の提灯ですよ」

「ああ、それはそれは」

隠し通すつもりはなかったから、手代や小僧に店の提灯を持たせていたのだろう。お彩がなにも言わなくても、そろそろ打ち明けるつもりでいたのかもしれない。右近はにこにこと笑っている。

「せやけどわて、若旦那と違いますえ」

「だけど、ただの奉公人でもないでしょう」

「へぇ。塚田屋の江戸店は、二番目の兄が任されてます。わてはそれを手伝《てと》てるだけどす」

京の本店は、一番目の兄が継いだらしい。三番目の右近には継ぐ店もなく、こうしてふらふらと生きているわけだ。けっこうなご身分である。

「さて、ばれてしもたんならしょうがない。行きまひょか」

すんなり白状したくせに、右近はそう言って、膝を払い立ち上がる。どこへとも聞かず、お彩は首を横に振った。

「行きません」

「おや、そうどすか。正吉から聞きましたえ。辰五郎はんは、今日も元気に仕事へ行かはったって。ほんに、よろしおしたなぁ」

それを言われると、こちらは弱い。辰五郎に仕事を見つけてやり、送り迎えの人手を割いているのは誰かと仄めかしている。お彩はうっと言葉に詰まった。

「塚田屋まで、ちょっとつき合《お》うてほしいんやけども。あきまへんかなぁ」

どうせまた、色の見立てでも頼みたいのだろう。右近は下手に出るように見せかけて、お彩に否やを言わせぬよう仕向けてくる。

恩があるからには、しょうがない。あと一回くらいは、右近の頼みを聞き入れるとしよう。

そんな良心の声に、耳を傾けたのは誤りだったか。

「分かりました」と、お彩はしぶしぶ頷いた。

三

このひと月ほど、右近は山王祭の支度に忙殺されていたらしい。なにせ公方様もご覧になる、二年に一度の天下祭り。氏子域も広く、揃いの衣装を仕立てたり、配り物をしたりと、湯水のように金が流れる。

「だいぶ儲けさしてもらいましたわ」と、右近は身も蓋もないことを言った。

「せやけど出ていくもんもずいぶんありましたさかい、まぁとんとんどすな。このひと月、ただくたびれただけのような気もしますわ」

それでも大店には大店の、見栄と張りがある。日本橋に店を構えておいて、祭りに金を出さぬということはあり得ない。そのあたりは京も同じらしい。

「今月は祇園祭もおますよって、本店のほうも大童《おおわらわ》どすわ。しっかり根回ししとかんと品物が回ってきまへんし、難儀しますわ」

問われもしないのに、右近はぺらぺらとよく喋る。このひと月の、無沙汰の言い訳だろうか。いっそのこと、一年中祭りであればよかったのにとお彩は思った。

塚田屋があるのは、本石町二丁目。右近の繰《く》り言を聞きながら歩くうちに、間口十間はあろうかという大店の前にたどり着いた。

板戸を取り払った店内は、大いに賑わっている。奉公人は忙しなく動き回り、広々とした座敷では、多くの客が反物を物色中である。

「右近はん、お帰りなさいまし」

反物を胸に抱いて土間を横切ろうとした小僧が、右近に気づいてぴょこんと頭を下げる。歳の頃は十二、三。交代で辰五郎の送り迎えをしてくれるうちの一人である。

「わてのことはええから、反物早よ持ってったげよし」

「はい、失礼します」

客がいるときは、そちらが優先。他の奉公人たちは、右近が入って行っても軽く目礼をするのみだ。帳場に座る番頭が、お彩に気づいてあからさまに嫌そうな顔をした。過去に二度顔を合わせたことのあるこの男は、お彩をよく思ってはいないようだ。自分でも、場違いな所に連れてこられたという自覚はある。店の客にはお彩のように、古着を着ている者は一人もいない。

尻込みをしていると、「なにしてますの」と右近に背を押され、座敷に座らされた。他の客からの不審げな視線に耐えながら、お彩はしょうがないと腹を括る。こうなったら色の見立てでもなんでもして、早く帰ろう。

「あ、ちょっとちょっと」

右近がちょうど通りかかった手代を手招きする。塚田屋の番頭は江戸者だが、奉公人には京の出が多いと聞いた。その手代も「はい、なんでしょう」と、上方の響きで応じる。

「手が空いとったらこのお人に、似合いそうな反物を出してくれへんか」

「はい、かしこまりました」

手代は深く腰を折り、反物を取りにいったん下がろうとする。面食らったのはお彩である。

「反物？　いりませんよ」

「ひとまずは、秋物どすな」

「だから、いりませんって！」

呉服屋が扱うのは、主に絹物だ。古着以外の着物に袖を通したことのないお彩には、そんな贅沢をする余裕はない。真っ青になって首を振る。

「まぁまぁ。わてが出しますよって」

「やめてください。ますます恐ろしい」

この右近が、ただの好意でそんなことをするはずがない。受け取ったが最後、骨の髄までしゃぶりつくされてしまいそうだ。万が一純粋な好意だったとしても、恐ろしいことに変わりはない。

「そうはゆうても、身なりは大事ですえ。なにより押し出しが違います。袈裟着た坊さんの説法は皆ありがたがって聞きますけども、七味唐辛子売りがまったく同じことゆうても笑いますやろ」

七味唐辛子売りの中には、より目立つよう全身赤一色の身なりで、大きな張り子の唐辛子を背負って歩く者がいる。あの装いで講釈を垂れられても、たしかにありがたくはない。

「お彩はんも色の見立てのときは、足元を見られんようええ格好しといたらよろしいわ」

右近がお彩の名を呼んだとたん、声の届くあたりにいた手代や小僧が、はっと顔を上げてこちらを見た。右近が帰ってきたときですら、これほど耳目を集めなかったはず。居心地が悪く、お彩はもじもじと正座した尻を動かした。

「べつに色の見立てなんて、あなたにやらされているだけですし」

「せやからそれを、仕事にしまへんかゆう話ですわ」

「仕事?」

この男は、いったいなにを言いだしたのか。意味が摑めず、お彩はぐっと眉を寄せる。

「わてがなんの思惑もなしに、あんさんを連れ回してたとは思ってはらへんやろ。前にゆうてたお願いがこれや。お彩はんの色を見る目を、塚田屋に貸してもらえまへんか」

周りの手代や小僧が、それぞれの仕事をしつつも聞き耳を立てているのが分かる。奉公人たちはすでに、この話を知っているのかもしれない。

「京で五代続いた呉服屋でも、江戸ではまだ新参どす。越後屋や大丸屋と肩を並べるには、目新しい工夫がないとあかん。お彩はんの見立てが評判になれば、ええ筋まで行けると思いますねや」

いつも飄々としている右近が珍しく、膝を詰めてくる。これは本気だ。お彩の見る目をたしかめるために、これまで菓子や着物の色を見立てさせてきたのだろう。

「無理です。私にはとても、そんなことは」

「もう遅いわ。春永堂《しゅんえいどう》はんの『菊重《きくがさね》』も花里花魁の仕掛も、たいそうな評判や。それを見立てたお彩はんのことが、噂になってますねや」

そういえば抹茶碗の見立てを頼んできた紅屋の京屋も、そんなことを言っていた。その噂を故意に流したのは、きっと右近だ。もはや、執念のようなものさえ感じる。

「あんさんの才は、金を産みますえ。せやけど知恵だけ吸い取って、金も払わん奴に摑まったら終いや。ひとまず、日当銀六匁《もんめ》でどないですやろ。太い客を捕まえたら、さらに手当を弾みますえ」

周りに聞こえないよう、右近が耳打ちをしてきた。銀六匁といえば、大工の日当より多い。我知らず、喉がごくりと鳴っていた。

「いつか辰五郎はんの仕事場を立て直さはるんやろ。決して悪うない話やと思いますえ」

世の中は、なにをするにも金がいる。なにもせずに寝転がっているだけでも、腹は減るし、住むところも着るものもいるのだから、やっぱり金がいる。繕い物の仕事だけでは、日々の暮らしがやっとだった。

「でも――」と呟き、お彩は視線をさまよわす。こんなうまい話があっていいものか。

だいたい塚田屋の仕事だというなら、なぜ右近の二番目の兄とやらが出てこないのだ。周囲を見回しても、お仕着せの手代や小僧がいるだけで、主らしき者の姿はない。

出かけているのだろうか。しかし新しく人を雇うなら、主人に引き合わすのが道理だ。店を手伝っているだけにしては、右近は出しゃばりすぎている。

「あの、右近さん」

背後から、遠慮がちに声をかけてくる者がいた。さっきから姿が見えないと思っていた、手代の正吉だ。右近とお彩を見比べながら、「今、いいですか」と尋ねる。

「ちょっと、困ったことになりまして」

見たところ帳場の番頭も手が空いているようなのに、正吉は右近に助けを求める。

「別室に、岩井様がいらしているんですが」と声を潜め、畳の上に生地見本帳を滑らせた。

正吉の口振りからすると、岩井様というのは直参《じきさん》の旗本《はたもと》か、御家人《ごけにん》であるらしい。どちらにせよ店に足を運ばせるのではなく、こちらから御用聞きに伺わねばならぬ相手だ。それがなぜか突然に、店先に顔を見せた。

「どうやら昨日お子様が生まれたばかりのようで、ご機嫌がよろしくて」

別室に通して話を聞けば、生まれたばかりの子の、宮参りの産着を作ってほしいという。そのついでに、熨斗目小袖《のしめこそで》も新調したいという話になった。

「それで、熨斗目はこの色がええとおっしゃるんです」

商いの話だから聞かぬほうがよかろうとお彩は顔を背けていたが、正吉が生地見本帳を指差したので気になった。そっと横目に窺ってみると、正吉の人差し指は、目も覚めるような赤紅の生地の上に置かれている。

熨斗目は武士が麻裃《あさがみしも》などの下に着る、腰替わりの小袖である。お彩は武家の習わしに明るくないが、登城する武士を見るかぎり、御納戸《おなんど》色や浅葱《あさぎ》色といった、青系統の色が多いようだ。赤紅では、悪目立ちをするだろう。

右近もまた、「なんでや?」と言いたげに眉をひそめている。

「聞き違いとちゃいますの。こんな傾いたカッコでお城に上がったら、お咎《とが》めを食らうやろ」

「いいえ、きちんと確認いたしました。遠回しに派手すぎませんかと申し上げたのですが、これのどこが派手なものかと」

「いや、派手やろ」

二十歳を超えたお彩でさえ、この色を身に着けるのは躊躇《ため》われる。ましてや質素倹約を旨とする武士である。どう考えてもおかしかろう。

「わてらが上方もんやから、武士の決まりなぞ知らんやろと、試されとるんやろか」

難しい顔をしている右近など、めったに見られるものではない。しかしお彩は顔を背け、知らぬふりを通そうとした。色にまつわる話だけに、ここで下手に口を挟んでしまっては、右近の思惑どおり塚田屋で働かされかねない。

赤紅を、派手ではないと言うお武家様。色の受け取りかたは人それぞれだが、いささか変わった感覚だ。なにかが妙に、引っかかる。

そのときお彩の頭の中に、昔見た一枚の錦絵がぱっと浮かんだ。

窪俊満《くぼしゅんまん》の大判六枚続『六玉川《むたまがわ》』のうちの一枚、『野路の玉川』だ。

「あ、紅《べに》嫌い！」

思いつくやいなやお彩は黙することを忘れ、手と手を打ち鳴らしていた。

四

「あの、そのお武家様はいつも、ご自分で着物の見立てをなさっているんですか」

そうかもしれぬと思ったら、たしかめずにはいられない。お彩は自ら膝を進め、正吉に向かって尋ねた。

急に乗り気になったお彩に戸惑いつつも、正吉は「いいえ」と首を振る。

「いつもは、奥様が。でも今は、産後で伏せっておられるので」

ならばこの思いつきは、当たっているのかもしれない。お彩は正吉と額をつき合わすようにして、生地見本帳を覗き込む。

「すみません、ちょっと見せてください」

生地の端布を貼った見本帳を、手元に引き寄せる。それぞれの色の系統ごとに、分けてまとめられているので分かりやすい。お彩はぱらぱらと帳面をめくり、緑系統のところで手を止めた。

黄みの強い緑から、青みの強い緑まで、全部で四十二色。ひと口に緑といっても、これだけの色がある。

「その方に、聞いてみてくれませんか。もしかするとこの中に、赤紅と似た色があるかもしれません」

正吉が、困惑したように右近を見る。ずいぶん頓狂なことを言いだしたと思っているのだろう。右近もまた、不審げに首を傾げた。

「なんでですのん。赤と緑は、まったく違う色どすえ」

「ええ。ですから、『紅嫌い』です」

紅嫌いというのは、天明から寛政期にかけて流行した錦絵の一種である。はじめは墨一色の墨摺絵からはじまった浮世絵も、時が流れるにつれ色数が増え、錦絵と呼ばれるものとなった。色鮮やかな錦絵は、たちまちのうちに人気となった。

しかし流行には揺り戻しがつきものである。華やかな錦絵があたりまえになってくると、紅色などの派手な色をあえて使用せず、色数を抑えた紅嫌いが誕生した。お彩が見た窪俊満も、紅嫌いの絵を多く遺した一人である。

「野路の玉川」は、辰五郎が持っていた。川の畔に三人の女が遊ぶ、風雅な一枚だ。しかし女たちの着物に色はなく、萩の花と地面にうっすら色が載っているだけ。その絵をお彩に見せながら、当時気鋭の摺師であった父は、こんな話をしてくれた。

「この絵を見ると、いつも修業時代の弟弟子を思い出す。そいつはなぜか、色差しの通りの色が作れねぇ。違うじゃねぇかと叱っても、当の本人はきょとんとしてやがる。おかしいと思っていろいろ試してみると、どうやらそいつは赤が緑に見えていた。師匠が言うには、たまにそういう奴がいるらしいんだ。赤が摺れなきゃ錦絵はやれないから、そいつは諦めて国元へ帰ってったよ」

それから俊満の絵をじっと見て、こう続けたものだ。

「紅嫌いの流行りが続けばあるいは、あいつも摺師をやれたかもな。でもすぐに廃れちまった。俺はこの、なかなか通好みな絵が好きなんだがなぁ」

火事のときに、あの絵もすっかり焼けてしまった。けれどもお彩の頭の中には、今でもはっきりと残っている。辰五郎が語ってくれた、赤い色が見えない弟弟子の話と共に。

「なるほど、紅嫌いどすか」

右近が腕を組み、うむむと唸る。まだ腑に落ちてはいないようである。

「でもせやったら、さすがに自分で分かりまへんか？」

「生まれたときからそう見えていたら、それがあたりまえなのかもしれません。実際にその弟弟子も、二十歳を過ぎて摺師を目指すまでは気づかなかったみたいですし」

それにお彩は、たまに思う。自分の見えている色と、人が見ている色はまったく同じではないのかもしれないと。

先ほども、お伊勢は唇に塗った紅の色のわずかな違いを見分けられなかった。もしも他人の目になって世の中を見ることができたなら、そこにはほんの少しだけ違う景色が広がっているのだろう。

それでも人は、自分に見えるものだけを真実と信じて生きている。

「まぁええ。正吉、お彩はんの言うように、ちょっと聞いてみてくれへんか」

「はぁ、分かりました」

正吉も、合点がいかぬ顔をしている。それでも右近に命じられ、おずおずと頷いた。

余計なことに、首を突っ込んでしまった。

後悔の念が胸に湧き上がってきたのは、正吉が生地見本帳を持って下がってからだった。

どうしてこうも、色の話になると舞い上がってしまうのか。こんなことだから、右近のような男につけ込まれてしまうのだ。

「ま、茶ぁでも飲んで待ちまひょか」

土間の片隅ではいつでも客に振る舞えるよう、茶釜に湯が沸いている。小僧に茶を運ばせて、正吉の戻りを待つことになった。

「この間に、反物も選んでくれはったらええわ」

「何度言ったら分かるんです。いりません」

いつの間にか、手代が女物の反物を持ってきている。浅黒い肌をしたお彩に淡い色は似合わないのに、紫苑色や薄黄といった、ふわりとした色ばかりである。久野屋のときもそうだったが、この店の人間は、嫁入り前の女というだけで明るい色を勧めてくる。

「せめてもう少し、相手に似合う色を考えればいいのに」

あまりにも好みの色がなくて、ついぼそりと呟いていた。これは手代が悪いのではなく、そういった教育を店がしてこなかったせいだろう。番頭からして疎いのだから、教えられる者がいないのかもしれない。

そうか、だから私がほしいのか。

お彩が求められるわけが、ようやく分かってきた気がする。上方と江戸では色の好みが違い、さすがに右近も手を焼いているのだろう。色に聡《さと》い者はいないかと、ずっと探していたに違いない。

「せやな。お彩はんに反物を勧めるんは、釈迦に説法するようなもんや。好きなように自分で選んでくれはったらええわ。化粧道具も、後で届けさせます。せめて白粉と紅くらい塗っといてもらわんと、やっぱり足元見られますよってな」

「勝手に話を進めないでください」

ほんの少しくらいなら、手を貸してもいいんじゃなかろうか。そう思いはじめたところに、着物だけでなく化粧まで整えろと言われ、げんなりした。

お彩自身はべつに、人からどう思われたっていい。それにお伊勢曰く、化粧とは自分のためにやるものではないのか。足元を見られまいという、ただそれだけの理由で顔を塗る気にはなれなかった。

「強情どすなぁ」

何度断っても折れない右近のほうが、よっぽど強情だろうに。わざとらしいため息を聞かされて、お彩は「どっちが！」と噛みついた。

「あ、戻ってきたわ」

右近が長い首をひょいと伸ばす。別室へと続くらしい暖簾をかき分け、正吉が広い座敷を横切ってきた。胸にはしっかりと、生地見本帳を抱いている。

「どやった？」

問いかけられて、正吉は右近の傍らに膝をつく。「はぁ」と、狐につままれたような顔で応じた。

「言われた通り、この中で赤紅に似た色はありますかと伺ってみました。そして岩井様が指を差されたのが、この色です」

正吉が見本帳を開き、件の色を指し示す。右近が切れ長の目を見開いた。

「虫青《むしあお》、でっか」

この場合の「虫」とは、玉虫を指している。つまり玉虫の翅のような、青みを帯びた暗い緑色をいう。

「やっぱり」とお彩は呟いた。辰五郎の、かつての弟子と同じだ。

「こんなもの、見れば分かるではないかと仰っていました。まったく同じ色に見えるそうです」

「なんでや」

「それは、分かりませんけれど」

右近と正吉が揃って首を捻っている。赤紅と虫青は、相対をなす色である。お彩にも理屈は分からない。だが高級な小町紅を紅猪口に塗れば、玉虫色に輝いて見えるのだ。人の目など本当は、さほどあてにならぬのかもしれない。

おそらく摺師のような色を扱う仕事でなければ、そこまで困りはしないのだろう。奥方様が本復すれば、こういった装束の行き違いもなくなる。岩井様本人には、わざわざ伝えることもあるまい。

「ともあれ熨斗目は、この虫青で作ればいいのですね」

これでどうにか、客の面目は保たれる。正吉が引き締めていた頰をほっと緩めた。辰五郎の送り迎えで世話になっているから、少しでも役に立てたなら幸いだ。

そう思っているからべつにいいのに、正吉は「ほんまに、ありがとうございます」とお彩に向かって深々と頭を下げてくる。

「右近はんから、色に聡い方やと伺ってはおりました。せやけどまさか、これほどのお人やとは」

気持ちが昂ぶると、上方の言葉が強く出るらしい。正吉の声は、上擦っている。

「どうぞこれからは、手前どもをよろしゅうご指導くださいませ」

「ええっ！」

どうしてこんなことになってしまったのか。お彩は仰天して仰け反った。

岩井様の件は周りに聞こえぬよう声を潜めていたが、色の相談だということは伝わっていたらしい。様子を見守っていた他の手代や小僧たちからも、期待に満ちた眼差しが送られてくる。

彼らは皆、色について学ぶ機会に餓えていたのだ。帳場に座る番頭だけが、面白くもなさそうに顔を背けた。

「おや、これはこれは。えらい人気どすなぁ」

右近はすっかりいつもの調子に戻り、にこにこと笑っている。奉公人に色見立ての勘所を伝授する仕事も、銀六匁の日当のうちに入っているのだろう。

これはやっかいな事態になった。右近一人の頼みなら突っぱねられても、大勢の期待がかかると無下にはしづらい。

右近と深く関わる気がないのなら、塚田屋にまでついてきてはいけなかったのだ。じりじりと、袋小路に追い詰められているような心地である。

「塚田屋の未来は、お彩はんの肩にかかってますわ。どうぞ、よろしゅうおたの申します」

もうすでに、話はまとまっている。そう言わんばかりに、右近は慇懃《いんぎん》に三つ指をついて見せた。

五

日中の暑さのせいか、朝炊いた飯が少し臭う。

だが捨ててしまうのはもったいない。それを水で洗い、雑炊にすることにした。出汁を取るのが面倒だから鰹節と共に煮て、仕上げに刻んだ青菜を散らす。あとは蜆《しじみ》の味噌汁を手早く作り、沢庵を切っておいた。

夕餉の支度が整うころ、辰五郎が正吉に伴われて帰ってくる。いつも折り目正しい正吉の、背筋がいっそう伸びている。

「それではお彩さん。店で会えることを楽しみにしております」

去り際に、真っ直ぐな目でそう言われてしまった。お彩にはもはや、曖昧に微笑み返すことしかできなかった。

塚田屋に帰ってゆく正吉を見送り、辰五郎が足を濯いでいる隙に、膳を向かい合わせに並べる。

「お父つぁん、できたわよ」と声をかけると、辰五郎は足を拭い、壁伝いにゆっくりと近づいてきた。

床を上げて動くようになってから、間口から何歩、壁から何歩と家の中の造りを体で覚えてしまったらしい。不用意に壁にぶつかったり、上がり口の段差で足を滑らせたりすることがなくなった。お彩が手を取って導いてやらなくても、辰五郎は自分で膳の前に腰を下ろした。

「今日は雑炊よ。熱いから気をつけて」

「ああ」

箸の場所は、お膳の手前。いつもと同じように揃えて置いてあるのを、辰五郎は手探りもせずすっと取った。近ごろたまに、実は見えているのではないかと驚くほど、滑らかな動きをするようになった。

「仕事は、どうだった？」

「ああ」

変わりなしということか。どのみち、夏の間だけの仕事だ。なにも問題がなかったのなら、それでいい。

辰五郎が飯椀に口をつけるのを見てから、お彩も自分の箸を取る。雑炊のほのかな塩味が、汗をかいた体に染み渡る。幸い飯の嫌な臭いは、分からなくなっている。

「仕事といやぁ」

しばらくの間黙々と箸を動かしていた辰五郎が、ふいに思い出したように呟いた。沢庵をぽりぽりと囓《かじ》りながら、先を続ける。

「おめぇも、右近さんのところで働くことになったそうじゃねぇか」

お彩は危うく、味噌汁を噴きそうになった。そんなことを辰五郎の耳に吹き込んだのは、正吉か。

「違うわ」と、とっさに首を振った。

「だってあの人、色の見立てや指南をするだけで、銀六匁の日当を払うなんて言うのよ。怪しすぎるじゃないの」

「それだけ、正吉さんたちが困ってるからだろうよ。京と江戸じゃ客の好みが違うってんで、江戸者の番頭を引き抜いたんだが、そいつがてんで使い物にならねぇらしい」

浅草から日蔭町までの道中で、正吉はずいぶんいろんな話をしてくれたようだ。

お彩は鷲鼻の番頭の顔を思い浮かべる。なんとなく嫌われているような気はしていたが、そういうことならばと腑に落ちた。己の力不足を認めるだけでも辛いのに、その代わりに連れてこられたのが、どこの馬の骨ともつかぬ女では、ますます納得できないだろう。

「それにしても払いすぎだわ。後でちゃんと、断るつもりよ」

「なんでだ」

「なんでって、お父つぁんの仕事も夏まででしょ。一人にしておけないじゃない」

辰五郎が家にいるのなら、昼飯を作ってやらねばならないし、暇に飽かせてまた酒に手を出さないか見張っておく必要もある。

だがお彩の言い分に、辰五郎は飯粒を飛ばして怒鳴り返した。

「俺を、できねぇ言い訳にすんじゃねぇ！」

あまりの剣幕に、お彩は口の中のものをごくりと音を立てて飲み込んだ。辰五郎が、飯椀と箸を膳に置く。その肩は震えている。

「ここ三年、俺はすっかり腐っちまって、お前にゃ迷惑をかけた。本当にすまねぇと思ってる。もう、俺の犠牲になることはねぇ」

「犠牲だなんて、そんな」

「今の仕事が終わっても、俺は次を探すつもりだ。杖があれば、一人でも歩けるようになってきた。心配はいらねぇよ」

辰五郎はもう、後ろを見ることをやめたらしい。腕っこきの摺師であったことを忘れ、別の生きかたを模索している。辰五郎の摺り出す鮮やかな色に執着しているのは、お彩ばかりなのかもしれない。

「おめぇは女だったから摺師の技は仕込まなかったが、色を見る才はたしかだった。いっそ男に生まれてりゃと、思ったこともあったくれぇだ。右近さんはその才に目をつけて、掬い上げようとしてくださってんだ。願ったりじゃねぇか」

お彩を説き伏せようとして、辰五郎は言葉を重ねる。右近になにくれと世話を焼かれ、すっかり心酔しているのだ。肝心要の外堀は、すでに埋められてしまっている。

「もうちょっと、人を信用しちゃどうだ。右近さんはそりゃ、聖人君子じゃないかもしれねぇ。だが、悪いお人でもねぇぞ」

お彩は手元に目を落とす。自分にだって、無邪気に人を信じられたころもあった。辰五郎を、卯吉を、他の弟子たちを、家族のように慈しみ、慕っていた。そしてそのすべてを、失った。

辰五郎だって、ついこの間まで腑抜けていたくせに。今さら人を信じろなどと、口幅ったいことを言う。

お伊勢にこってりと塗られた紅が、まだ残っていたのだろうか。箸の先が、赤紅色に濡れている。

お彩は手の甲をこすりつけ、唇を強く拭った。

初出　「オール讀物」二〇一九年八月号、十二月号、
二〇二〇年五月号、八月号、十一月号
本書は文春文庫オリジナルです

文春文庫

江戸《えど》彩《いろど》り見立《みた》て帖《ちょう》
色《いろ》にいでにけり

定価はカバーに
表示してあります

2021年6月10日　第1刷

著　者　坂井《さかい》希久子《きくこ》
発行者　花田朋子
発行所　株式会社　文藝春秋

東京都千代田区紀尾井町 3-23　〒102-8008
TEL　03・3265・1211㈹
文藝春秋ホームページ　http://www.bunshun.co.jp

落丁、乱丁本は、お手数ですが小社製作部宛お送り下さい。送料小社負担でお取替致します。

印刷製本・凸版印刷

Printed in Japan
ISBN978-4-16-791703-6

（　）内は解説者。品切の節はご容赦下さい。

桜庭一樹
傷痕
人気ポップスターの急死で遺された十一歳の愛娘〝傷痕〟。だがその出生は謎で、遺族を巻き込みつつメディアや世間の注目の的に。彼女は父の死をどう乗り越えるのか。（尾崎世界観）
さ-50-10

桜木紫乃
ブルース
貧しさから這い上がり夜の支配者となった男。彼は外道を生きる孤独な男か？　女たちの夢の男か？　謎の男をめぐる八人の女の物語。著者の新境地にして釧路ノワールの傑作。（壇　蜜）
さ-56-3

坂井希久子
17歳のうた
舞妓、アイドル、マイルドヤンキー。地方都市で背伸びしながらも強がって生きる17歳の少女たち。大人でも子どもでもない少女の心情を鮮やかに切り取った5つの物語。（枝　優花）
さ-59-2

篠田節子
冬の光
四国遍路の帰路、冬の海に消えた父。家庭人として企業人として恵まれた人生ではなかったのか……足跡を辿る次女が見た最期の景色と人生の深遠が胸に迫る長編傑作。（八重樫克彦）
し-32-12

柴田よしき
風味さんのカメラ日和
地元に戻った風味が通うカメラ教室の講師・知念は天然なイケメン。だが、彼は受講生たちの迷える心を解きほぐしていく。「カメラ撮影用語解説」も収録した書き下ろしカメラ女子小説。
し-34-17

柴田よしき
輝跡
才能に恵まれながら、家庭の事情で一度は夢をあきらめた北澤宏太は育成ドラフトを経て、プロ野球選手になる。元恋人、記者、妻——一人の野球選手をめぐる女性群像物語。（和田　豊）
し-34-18

柴田よしき
風のベーコンサンド
高原カフェ日誌《ダイアリー》
東京の出版社をやめ、奈穂が開業したのは高原のカフェ。訪れるのは娘を思う父や農家の嫁に疲れた女性……。心の痛みに効くカフェご飯が奇跡を起こす六つの物語。（野間美由紀）
し-34-19

（　）内は解説者。品切の節はご容赦下さい。

大崎 梢・近藤史恵・篠田真由美・柴田よしき・永嶋恵美
新津きよみ・福田和代・松村比呂美・光原百合
アンソロジー 捨てる

連作ではなく単発でしか描けない世界がある——9人の女性作家が持ち味を存分に発揮し、「捨てる」をテーマに競作！　様々な女性たちの想いが交錯する珠玉の短編小説アンソロジー。

し-34-50

大崎 梢・加納朋子・近藤史恵・篠田真由美・柴田よしき
永嶋恵美・新津きよみ・福田和代・松尾由美・松村比呂美・光原百合
アンソロジー 隠す

誰しも、自分だけの隠しごとを心の奥底に秘めているもの——。実力と人気を兼ね備えた11人の女性作家らがSNS上で語り合い「隠す」をテーマに挑んだエンターテインメントの傑作！

し-34-51

重松 清
きみ去りしのち

幼い息子を喪った父。〈その日〉をまえにした母に寄り添う少女。この世の彼岸の圧倒的な風景に向き合いながら、ふたりの巡礼の旅はつづく。鎮魂と再生への祈りを込めた長編小説。

し-38-13

重松 清
また次の春へ

同じ高校に合格したのに、浜で行方不明になった幼馴染み。彼の部屋を片付けられないお母さん。突然の喪失を前に、迷いながら、泣きながら、一歩を踏みだす、鎮魂と祈りの七篇。

し-38-14

朱川湊人《みなと》
都市伝説セピア

〝都市伝説〟に憑かれ、自らその主役になろうとする男の狂気を描く「フクロウ男」、親友を事故で失った少年が時間を巻き戻そうとする「昨日公園」などを収録したデビュー作。（石田衣良）

し-43-1

朱川湊人
花まんま

幼い妹が突然誰かの生まれ変わりと言い出す表題作の他、昭和三、四十年代の大阪の下町を舞台に不思議な出来事をノスタルジックな空気感で情感豊かに描いた直木賞受賞作。（重松　清）

し-43-2

朱川湊人
いっぺんさん

一度だけ何でも願いを叶えてくれる神様を探しに行った少年たちのその後の顛末を描いた表題作「いっぺんさん」他、懐かしさと恐怖が融合した小さな奇跡を集めた短篇集。（金原瑞人）

し-43-4

（　）内は解説者。品切の節はご容赦下さい。

門井慶喜
ゆけ、おりょう
「世話のやける弟」のような男・坂本龍馬と結婚したおりょうは、酒を浴びるほど飲み、勝海舟と舌戦し、夫と共に軍艦に乗り長崎へ馬関へ！　自立した魂が輝く傑作長編。（小日向えり）
か-48-7

梶　よう子
一朝の夢
朝顔栽培だけが生きがいで、荒っぽいことには無縁の同心・中根興三郎は、ある武家と知り合ったことから思いもよらぬ形で幕末の政情に巻き込まれる。松本清張賞受賞。（細谷正充）
か-54-1

木内　昇《のぼり》
茗荷谷の猫
茗荷谷の家で絵を描きあぐねる主婦。染井吉野を造った植木職人。画期的な黒焼を生み出さんとする若者。幕末から昭和にかけ各々の生を燃焼させた人々の痕跡を掬う名篇9作。（春日武彦）
き-33-1

木下昌輝
宇喜多の捨て嫁
戦国時代末期の備前国で宇喜多直家は、権謀術策を縦横無尽に駆使し、下克上の名をほしいままに成り上がっていった。腐臭漂う、希に見る傑作ピカレスク歴史小説遂に見参！
き-44-1

木下昌輝
人魚ノ肉
八百比丘尼伝説が新撰組に降臨！　人魚の肉を食べた者は不老不死になるというが……舞台は幕末京都、坂本竜馬、沖田総司、斎藤一らを襲う不吉な最期。奇想の新撰組異聞。（島内景二）
き-44-2

木下昌輝・高橋直樹・佐藤巖太郎・簑輪　諒
天野純希・村木　嵐・岩井三四二
戦国　番狂わせ七番勝負
戦国時代に起きた、島津義弘、織田信長、真田昌幸などの七つのストーリーを歴史小説界気鋭の作家たちが描く、想定外にして予測不能なスピード感溢れる傑作短編集。（内藤麻里子）
き-44-51

小前　亮
月に捧ぐは清き酒
鴻池流事始《こうのいけりゅうことはじめ》
尼子一族を支えた猛将の息子は、仕官の誘いを断って商人の道を歩む。日本を代表する鴻池財閥の始祖が清酒の醸造に成功するまでの波乱の生涯を清々しく描く。（島内景二）
こ-44-2

（　）内は解説者。品切の節はご容赦下さい。

高殿　円
剣と紅
戦国の女領主・井伊直虎
徳川四天王・井伊直政の養母にして、遠州錯乱の時代に一命を賭して井伊家を守り抜いた傑女。二〇一七年ＮＨＫ大河ドラマにもなった井伊直虎の、比類なき激動の人生！　（末國善己）
た-95-1

高殿　円
主君
井伊の赤鬼・直政伝
お前の〝主君〟はだれだ？　井伊家再興の星として出世階段を駆け上る井伊直政。命知らずの直政に振り回されながら傍で見守り続けた木俣守勝の目からその生涯を描く。　（小林直己）
た-95-2

田牧大和
甘いもんでもおひとつ
藍千堂菓子噺
菓子職人の兄・晴太郎と商才に長けた弟・幸次郎。次々と降りかかる難問奇問に、知恵と工夫と駆け引きで和菓子屋を切り盛りする。和菓子を通じて、江戸の四季と人情を描く。　（大矢博子）
た-98-1

田牧大和
晴れの日には
藍千堂菓子噺
菓子バカの晴太郎が恋をした!?　ところが惚れた相手の元夫は、奉行所を牛耳る大悪党。前途多難な恋の行方に不穏な影が忍び寄る。著者オリジナルの和菓子にもほっこり。　（姜　尚美）
た-98-2

津本　陽
薩南示現流《じげん》
勇猛とおそれられた示現流開祖・東郷重位の妥協を許さぬ一生を描いた表題作ほか、示現流達人たちの太刀風を骨太に綴った剣豪小説集。〝不敗の剣法〟示現流ここにあり。　（武蔵野次郎）
つ-4-56

津本　陽
信長影絵
（上下）
すべては母に疎まれたことから始まった――。渇いた心が信長を天下統一に駆り立てた。『下天は夢か』から四半世紀、より深い人間解釈で描かれた、津本文学の集大成。　（末國善己）
つ-4-70

津本　陽
剣豪夜話
剣道三段、抜刀道五段の著者が描く武人の魂。歴史に名を刻んだ剣豪、現代に生きる伝説的な武人。その壮絶な技と人生を通じて、日本人の武とは何かを考える、著者最後となる一冊。
つ-4-72

文春文庫　最新刊